U0600723

人生诗词

有温度的唐诗

李静 著

中国出版集团　现代出版社

目　录

卷三　边塞外·羌笛悠悠怨杨柳

卷四　别离时·一片冰心在玉壶

卷五　愁绪中·别有一般滋味在心头

卷六　爱正浓·愿作鸳鸯不羡仙

卷七　红尘里·古今情怀各不同

卷八　山水间·明朝散发弄扁舟

卷九　禅心内·何处惹尘埃

卷十　志难酬·弦断有谁听

后记　何以唐诗／二五二

序

心与心的距离

每当我想起西双版纳，一阵绿雨就在眼前轻轻降下。女作家冰心写云南，如是说。世人于唐诗的感情，莫过于此。

每当遥想那个遥远的时代，浮现于脑海中的便是五颜六色的炫目世界，仿佛空气中都飘荡着回响的绝音。天空依旧高远而纯粹，在历史长河中始终屹立不倒的不是帝王将相，不是宠妃优伶，而是那一位又一位诗坛的奇才。他们的身影在诗词里穿梭着，在寒风中守望着，散发着陈旧的气息，弥漫着记忆的味道。

书卷上的诗词慢慢幻化成一个又一个人格符号，分不清头尾，更无法标点。那千余年堆积的信息，便如潮水一般淹没着读者的大脑，也许，只有在品读他们的诗作时，才能在几千年的时空中拉近心与心的距离。

念天地之悠悠，独怆然而涕下。这般痛哭流涕，不愧是齐梁以来两百多年中没有听到过的洪钟巨响，这般痛心疾首的诗句，非任侠使气的陈子昂不能写成。他是身系苍生、不畏迫害的政治家，是出征沙场、两次从军的大将，更是唐代诗风转变的转折点，一度被后人尊称为"诗骨"。

陈子昂的一生是高低起伏不断的，宦海浮沉却始终不能磨灭其人性的光辉点。虽然最后被人迫害，冤死狱中，但其光明磊落的人格魅力将同他不朽的诗作一道流芳百世。

酒入豪肠，七分酿成了月光

剩下的三分啸成剑气

绣口一吐，就半个盛唐

穿过初唐的清浅时光，迎面而来的是大唐飞歌的时代。余光中在念李白时曾写下这样的句子，在大唐飞歌的浩浩长风中，也许只有李白才是最为洒脱飘逸的了。他将对人性的张扬，对理想的追求，对人生的礼赞，对生活的向往通通融入手中的酒杯和头上的月光里，继而轻轻张开绣口，诗的精魂便喷薄而出，漂荡在流淌千年的诗河中……他是一个纯真的人，纯洁如月光，于是也将所有的情感寄托给明月。月缺白无味，白无月不逸，也许就是最好的诠释。只有在白色的月光中，李白才能做真正的自己，也无愧于"诗仙"的盛赞。

渐行渐远渐无声。大唐的歌舞升平、锦绣长安渐渐消失了，最先是温度，然后是容貌，最后是声音，再最后也许就是记忆了。历史总是无情，除了流传下来千古不衰的诗词文章，其他皆如过眼云烟。但在这缥缈的浮尘中，他一身青衫，茕茕子立，神色怆然，他的诗被称为"诗史"，他的人被称为"诗圣"，他就是杜甫。

细雨蒙蒙，落叶飘飘。在这风雨飘摇的动荡时代，在那诗魂沉吟的草堂，杜甫的诗作如长河激浪，如深潭照物，于宣纸笔墨间，映现出一代河山的风云变幻，一代生灵的生死探索。这些诗作，如同晨钟暮鼓，永远回响在华夏的苍穹。

国家不幸诗家幸。杜甫的命运和历史角色在命运的股掌间就这样确定了。笔者再度回味那首《茅屋为秋风所破歌》时，却发现，在诗圣眼中，个人的遭遇早已化为虚无。安得广厦千万间，大庇天下寒士俱欢颜。寒苦至极，仁义亦至极！

风雨飘摇的王朝抛弃了杜甫，历史却在风雨中造就了杜甫，这是杜甫的大幸还是杜甫的不幸，谁也说不清楚。

这便是唐朝诗歌的魅力了。总是将生命的朴素表现在皇皇诗作中，让人咀嚼才得人生百味，让人触碰诗人之心灵才得人生之真谛。

卷一

春光里·且向花间留晚照

夜来风雨声，花落知多少
——春夜里的无限遐想

春晓
孟浩然

春眠不觉晓，
处处闻啼鸟。
夜来风雨声，
花落知多少。

翻开《全唐诗》，一首《春晓》蓦然落下。

思绪在春日的清晨缓缓展开，在这美丽的画布上，忽然闪烁着那风、那雨、那鸟鸣、那花落……温暖的记忆重新涌动在生命的旋律里，汩汩流淌。

春，是一个很神奇的季节。世间万物都在这温暖的时光里悄然变幻生命的姿态，一切如此神秘又如此清晰。一年之计在于春，一日之计在于晨。春光融融本是一年之始最美好的季节，若是再与晨晓相搭，这扑面而来的清新之气越发让人喜不自禁。

葱葱郁郁的林野里掩映着一房茅草小屋，窗牖洞开，默然静立。惺忪睡眼在融融春光里醒来，周遭的一切都透露着新鲜的气息。清晨的第一缕春光慵懒地打在床头的几案上，旋而跟着那清脆的鸟啼飞出窗外，飞上了树梢尽头。群鸟在清爽的朝阳里编织出美妙的旋律，斑斑落花在浩然大地上装饰出昨夜风雨，一动一静相映成趣，一实一虚熠熠生辉；那关于春生和旧夜的想象勾勒成一条诗的长河，奔涌着，涌进诗者的记忆。

当孟浩然细细打量这春晓之时，忽然意识到昨夜伴眠的那场细风柔雨吹散了多少残花落叶，一夜春宵梦酣，竟不知天光大亮，鸟儿欢鸣。待到风雨散尽，今日一早酣睡醒来春光依旧，风光无限。春晓在风雨的洗礼下越发生机盎然，可毕竟时光有限，在迎接盈盈春日的同时也在暗暗与这短暂的美好告别了。

　　闲居在襄阳老家的鹿门山，孟浩然一隐便是三十载春秋，他或许没有杜甫"安得广厦千万间，大庇天下寒士俱欢颜"的兼济天下之怀，他也没有李白"安能摧眉折腰事权贵，使我不得开心颜"的旷达不羁之心，不过他的潇洒人生又有另一幅笔墨绘写。四季之春，一日之晨，简单而平凡的日子中，他找到了落花，他听到了鸟鸣，他用灵魂去发现生命的美和意义。在繁花似锦的大唐盛世里，他便这样从容而自在地活着，从那大自然赐予的山水田园里发现真正的美好。

　　俗语说，这人世间最宝贵的礼物往往是无价的。目之所及的落花春色，耳之所遇的鸟啼风雨，孟浩然在这山间小屋里发现了属于自己的桃花源。

　　按说自小便深受"家世重儒风"教育氛围熏陶，孟浩然心中不可能没有建功立业的宏伟壮志，这样的家风世风亦不容许他真的就此与长风明月相伴，纵情在山光水色、翠竹绿影里终其一生。那年，时值不惑之年的他依然奔走于公卿之门，离开鹿门赴京求职，纵然处处显露才情，人相引荐，却还是为"明主"所"弃"。喟然长叹"寂寂竟何待，朝朝空自归"，万般无奈的他不得不重新回到鹿门山来。

　　人生本就是一个不断面临挫折又克服挫折的循环过程。有人借以抱怨命运不公的名义，在挫折面前跪下了双膝，而有人却在多舛命途里找到生命的希望——这便是智者与愚者的差别。当孟浩然被一个又一个的巨浪席卷而来的时候，这失意幻灭的泥沼没有将他就此吞噬，他选择了最勇敢也是最温情的方式面对。那闲云野鹤的日子里，寄居着一个流浪者最纯粹的生命之梦。

　　"春眠不觉晓，处处闻啼鸟。夜来风雨声，花落知多少。"一刹那联想的捕捉，让诗意化为永恒。简简单单的字与词的组合，浅显易懂的音与义的相遇，这自然的神髓与生活的真趣是无以复制的。春日清晨的一瞥，诗中涌动着的幽远静穆之感，让人从这纯粹的背后体会出些深刻的力量来。

好雨知时节，当春乃发生
——成都的夜雨

春夜喜雨

杜甫

好雨知时节，当春乃发生。

随风潜入夜，润物细无声。

野径云俱黑，江船火独明。

晓看红湿处，花重锦官城。

　　他是心忧天下、情系众生的千古诗圣，他的诗是描摹万象、刻尽百态的诗史。子美踏着万卷的诗书一路行来，年少赏遍河山，目光下的景象却让他有了一个"致君尧舜上，再使风俗淳"的朴素梦想。

　　心怀大志，儒生寄望于仕途，但尽管是再开明的君，也抵挡不住奸险之人的权术，子美一朝进取无门。九年"朝扣富儿门，暮随肥马尘"的日子，换来一个小小的参军之职，杜甫还未及实现满腹的抱负，安史之乱便已拉开了他这一生颠沛的幕布。

　　极盛而衰后的转折，颠簸乱世里的遭遇，他目之所及、耳之所闻，皆是不忍卒看的哀鸿遍野。飘摇的政权没能给他实现抱负的土壤，为救房琯一贬再贬，杜甫还没来得及惋惜，就被更深重痛苦的百姓打动。这地狱般的人间，让他那颗慈悲忧怀的心痛惜不已，下笔即是沉郁的别离和哀伤。"满目悲生事，因人作远游"，终究是不再寄望于无能的政权，子美抛官弃职，举家辗转西行，经由秦州踏上了通往西蜀的沟堑。

　　自古尽道蜀道难，行走过一路的艰辛，杜甫终究在肥沃的天府之国找到了他的归处。民风淳朴，一派盛世和平景象，丝毫没有受到中原战乱的影响，这一切深深感染了饱经离乱的他。友人古道热肠，邻里亲热善良，他们帮杜甫在浣花溪旁搭建了一座茅屋，从此无论再大的风雨，起码有了一处遮风避雨的温馨港湾。

　　经年的奔波与抑郁难伸的抱负，在有着花香鸟语的浣花草堂里暂时散去了云烟，诗人的脸上难得地出现了笑容。夜有遮蔽处，不再以天为盖、以地为席般地漂泊，子美这一夜睡得格外香甜。

转眼已是两度春秋，杜甫与芳邻同劳作、共休憩，养花种田自得其乐，俨然江湖一野老，随着自然的流转耕种与收获。躬耕亲为的日子里，子美熟悉了泥土的气息，也知晓了土地肥沃的秘密。

蓉城多夜雨。在一个寻常的春夜，尚未入眠的杜甫耳闻微风拂过，感受着空气中潮湿的气息。此时已不复旧时离乱的心绪，他听着细细若无的雨声，看着得到雨露滋养的万物，心中涌起了欢喜，仿若在这春夜里得到滋润的是他一般：他的土地以及在这片土地上生活着的千千万万的生命，都受到了春雨恰到好处的滋润，如何不让他欢喜！

杜甫的目光从来都是超然的，他看到的不是拘于个人的兴亡荣辱，而是千千万万和自己同命运甚至是身处困境之中的人。茅屋为秋风所破，他想到的是天下广受饥寒之苦的士人；如今春夜降雨，他想到的是万亩的良田得到了及时灌溉，千万耕作劳苦之人有了收获的保障。他有着一颗赤子之心，这颗心希望所有的人都能够"俱欢颜"。

因着欣喜的心情不能成眠，杜甫意犹未尽地注目着这雨夜，看那路与云天的浓墨相连，看那江边尚有着灯光的小船。旷古的黑夜中，他曾一路踽踽独行，生命仿佛那浓得化不开的夜一般无任何指引；然而就如同眼前那小船中独自明亮的灯火，杜甫如今的生活里何尝不是有了一盏暖心的灯。就算黑夜再浓，那亮起的江船上的灯光，仍然温暖了这个略带寒意的雨夜。

夜沉沉地睡去，耳边的雨声成了少陵野老安眠的摇篮曲。待到晨曦突破天边的重云唤醒沉睡之人时，天地间早已不见昨日那细密掉落的雨精灵，恍若一场梦境般。

昨夜难道真的是梦境一场？杜甫迫不及待地出门探寻踪迹，看到那不远处湿漉漉的一片红才释怀莞尔，终有那尚未及消失的讯息留存在明媚的春光里。雨夜带给这座城的，不仅是无声的滋养，更是目之所及的惊艳——一夜饱蘸了汁水的枝叶全都舒展，疏散开了筋骨，摇曳起了身姿，将那最美的姿态骄傲地展露在了众人面前，仿佛花神的一声呼唤，所有娇艳的花儿都绽放了明灿灿的笑容。花开了！

　　繁花似锦的锦官城，洋溢起了春天浓郁甜香的幸福气息，诗人沉浸在夜雨带来的喜悦里，早已深陷在满目春光的欣喜之中。

两个黄鹂鸣翠柳，一行白鹭上青天
——有声亦有色

绝句四首（其一）

杜甫

两个黄鹂鸣翠柳，
一行白鹭上青天。
窗含西岭千秋雪，
门泊东吴万里船。

　　所谓虚空的静谧与经历过风雨洗礼之后重生的宁静是截然不同的，境界不仅体现在诗中，更体现在人生中。

　　春日依旧，细碎的阳光宛若玉石般从树隙间坠落，散发出琥珀似的光芒。两只黄鹂一唱一和，在新生的柳叶梢头唱着婉转动人的歌。镜头上扬，只见万里碧空中蔚蓝如洗，在这洁净的画布上闯入一行直飞的白鹭。金色的阳光、嫩绿的翠柳、碧蓝的晴空与透白的鹭鸟，色与色的碰撞和衬托，渲染出一幅斑斓多彩的水粉画。

　　这样的描写在以"诗圣"著称的杜甫笔下实在少见，念及杜甫，留给我们印象深刻的往往是以"三吏""三别"著称的"诗史"之作。提起老杜，沉郁顿挫之风是占大多数的，而这一首轻快明丽的写景之作仿佛带我们回到了单纯而又清闲的生活本身，似乎经历了千涛万浪的淘洗之后，一切重新归于平静，波澜不惊。

　　诗歌以这样一幅洋溢着清新之气的盎然生机之景切入，用一个一个简单的定格镜头捕捉着不易被人察觉的乐趣。黄鹂成双入对，在翠碧的柳枝上欢歌，打破了春日里的祥和与静谧，一切都洋溢着初生的热情和喜悦；白鹭展翅成队，在万里晴空中划出美丽的弧线，张扬着自由自在的旺盛生命力。亦动亦静，亦视亦听，这样的风景常常存在，可是能够真正欣赏到的观察者却不常有，而这般美景落到了杜甫的笔下，又是别有一番滋味了。

　　料想公元 762 年，皇皇盛唐正是意气风发的时候，而在夺目光华的背后也渐渐开始显露出一个朝代的裂缝。安史之乱的战火在华夏大地上熊熊燃起，朝廷不得不派兵镇压，稳定人心。时任成都尹一职的大将严武被宣旨入朝，平压战乱；与此同时，寓居成都草堂的杜甫为避战乱亦不得不背井离乡，远赴梓州苟且一方安宁。幸而战未多久，第二年安史之乱合众力得到平定，杜甫好友严武终于还镇成都，杜甫也回到了草堂。经历过流亡生活的洗礼，杜甫生活刚刚安定，此时又得到严武向朝廷举荐自己的消息，黯淡已久的生活忽而浮现点点微光，对于前途的希冀让杜甫不禁为之一振，却也心生忐忑，担心这满怀的希望又重重跌落在地，化为泡影。川蜀的秀丽风光正是切合了奔波流浪人饱经沧桑后终得宁静的心，眼前的这一派生机勃勃化作杜甫笔下灵动的文字，简单之中蕴含着丰富的情感与故事。

若这首诗中前两句的写景算是诗人纯粹的景色白描，那么后两句——"窗含西岭千秋雪，门泊东吴万里船"——则越发能够延伸人们的想象，感觉的触角伴随着诗人的文字又抵达了新的高度。一语"千秋雪"，一语"万里船"，与前两句诗中的"两只黄鹂""一行白鹭"相依相对，顿然打开了整首诗歌的格调，提升了整首诗的境界。诗人的思绪已然突破了眼前之景的束缚，在想象翅膀的舞动下，越飞越远。早春之景在黄鹂、白鹭的点缀下清亮鲜艳，可是早春毕竟是早春，冬日的余寒仍未散尽，一点点渗入骨髓。诗人的目光似乎穿透了眼前层层叠叠的屏障，被西岭雪山上的皑皑白雪勾走了。在这早春时节，敢料冰雪被融也是早晚的事吧。想杜甫少年时便怀有报国之志，历经数十载春秋终而不弃，春夏秋冬又一春，严武平定了安史之乱又重新呼唤起老杜心中的雄心壮志，只要不舍"致君尧舜上，再使风俗淳"的理想，满身才情应该也有被人赏识重用的一天吧。

　　但是同时，诗人以这种感受，从另一个角度说明了某种艰辛：冰冻三尺非一日之寒，而欲融化积雪更不是一朝一夕的事情，于是从诗人那淡淡的希望中忽而品味出些迷蒙的忧虑来。窗前遥想的西岭残雪，让杜甫从眼前之景又联想到过往之事，五味杂陈夹杂着潮湿的记忆在心中翻波涌动。那艘从东吴不远万里跋山涉水来到此处的船只在江岸边静默着，颇有些"孤舟蓑笠翁"的味道。只是这普通的"船停江边"之景因着"东吴""万里"二词忽又变得有些意味深长了。杜甫祖籍本是湖北襄阳，人生之途辗转游走各地，对于"故乡"一词的意味已然被行走过程中的流浪气质所代替。如今少陵野老在成都开拓出一方闻名后世的杜甫草堂，可是对于杜甫而言，草堂的意义不过是人生暂时的驿站而已。战乱刚刚平定，许久漂泊积聚的不安之感重新呼唤起心中最温柔的思念，站在异乡栖身之处，"故乡"一语在内心翻涌出一层层涟漪。

　　从"黄鹂鸣翠柳"到"白鹭上青天"，从"西岭千秋雪"再到"东吴万里船"，四幅看似毫不相干的独立图景，却经过杜甫之笔画龙点睛般衔接起来，浑然一体，成为整体之境。在景色由亮色调到暗色调的转换过程中，诗人的心境也在悄然转变。这心中所念所想与未知虚无的现实面前，杜甫深刻地感受到个体力量在时间天平上的渺小，在个体之外，有更多的无从把握的力量在左右着人生，掌控着命运。

　　寥寥几语，神来之笔。这景色也就不是简单的色与声的交织，而是渗透着生命体验的诗歌境界与人生境界的升华。

不知细叶谁裁出，二月春风似剪刀
——春风的神奇与灵巧

咏柳

贺知章

碧玉妆成一树高，

万条垂下绿丝绦。

不知细叶谁裁出，

二月春风似剪刀。

　　春风如剪,这样的比喻除了贺知章再也前无来者能想出了。句落诗就,读之为快,不禁让人由衷地慨叹诗人超凡脱俗的想象力。其后宋代的梅尧臣也曾邯郸学步,《东城送运判马察院》诗云:"春风骋巧如剪刀,先裁杨柳后杏桃。"纵然比喻犹在,可是细细品味起来自觉言语间过于刻意了些,诗歌的精髓和神韵却是弱了三分。到了清人金农的《柳》:"千丝万缕生便好,剪刀谁说胜春风",尖巧雕琢的痕迹越发明显了,贺知章最初自然洒脱的神韵已经荡然无存。

　　早春二月,岁月正好。放眼望去,柳叶新裁,点缀在荡悠悠的枝条之上。那些将出未出的嫩芽含苞待放似的,憋着劲,一鼓一鼓的——这满树的柳色在贺知章的《咏柳》笔下竟像是碧玉装扮成的一位婀娜多姿的美人。古之美女素有"碧玉小家女"之称,此处将柳比作"女子",喻以姿色之美,蕴含着浓浓深情。浅浅的"碧玉"二字,竟将柳叶之态写活了。

　　将树作为整体概观描摹一番以后,便开始了由整体向局部的移景。目光从整个树木聚焦到树的枝丫上。低垂的柳条千枝万条,在习习微风里跳荡,一圈圈划着弧线,如翠绿的裙带一般招摇伸展。体态轻盈的柳条,宛若妙龄女子般翩翩起舞,姿态典雅动人。再细细斟酌,枝丫上点缀的柳叶也不一般了。新生的柳叶如纤纤玉指般细长,每一片叶子的棱角都凹凸分明,保持着生命原初的形状。梁元帝萧绎曾在《树名诗》中叹道:"柳叶生眉上,珠铛摇鬓垂。"古语向来有以"柳叶眉""杨柳腰"

来形容女子仪态优雅之美,一句"不知细叶谁裁出"音调上扬勾起人的思索,这世间的美景究竟是哪位匠人的巧夺天工之作?而后这一设问又立马有了答案——原来是"二月春风似剪刀"。春风恰如一双无形的巧手,裁剪出柳叶精巧细致的形态,更雕琢出春光中每一缕美景。终篇话柳,最终又将柳的白描升华到一个"春"的背景之下,点出了美景背后真正的造物主,蕴含着诗人无尽的欢悦与赞美。

垂柳默然静立,仍然是早春二月里那树普通的柳,可是经过语言的装饰,这柳枝柳叶似乎变得不再平凡了,恍然被赋予了生命似的,有了少女的神韵,越发的灵动洒脱。

从柳叶到春风的过渡,着实天衣无缝,毫无扭捏突兀之感。生机盎然的春柳,是大自然生命活力的象征,更是春天蓬勃创造力的象征,透过对柳树的赞美,进而赞美其背后真正伟大的力量,这般灿烂辉煌的勃勃生机重新唤起人对于生命之美的体验和向往。

贺知章生在盛唐之初,风流倜傥,性情旷达,善喜谈笑。与李白志同道合,结为忘年之交,有"清淡风流"之誉。贺知章之诗与其性格相映相合,像是《咏柳》这样的诗歌灵动有秩,如行云流水般给人以美的感受。《咏柳》一诗,表现的不仅仅是浑然天成、超凡脱俗的高超艺术特色,更是诗人对于美、对于自然的别出心裁的切入视角和独特的审美体验。

神奇而灵巧的春风,雕琢出的美丽风景,愿也曾在你的心头停驻。

月出惊山鸟，时鸣春涧中
——春山之静

鸟鸣涧
王维

人闲桂花落，
夜静春山空。
月出惊山鸟，
时鸣春涧中。

　　你要知道，这世上并不存在真正的白，所谓的白必然是有黑的反衬；你要知道，这世上并不存在真正的静，所谓的静亦是与动相对而言。《鸟鸣涧》中高高低低的音符谱写出一个动与静交织的空灵世界。

　　人心闲静，百无聊赖，仿佛全世界都静谧无声。蓦然之间，一片桂花从树枝上折翼，在空中左右摇摆，翻转出美丽的弧线，坠落出清脆的一声芳香。常言道：落花无声。可是不知是因为仅凭花落在衣襟上引发的细小的触觉，或是花瓣坠落时所发出的丝丝芬芳，这如此细微的桂花落声竟然传入诗人之耳，不仅与后一句"夜静春山空"遥遥相应，衬出周遭环境之寂，更表现出诗人的心境已然超脱了嘈杂世事的纷扰，一种来源于内心的静的力量深深扎根，延伸了人的感官知觉世界。听一朵花开的声音，让人在这细小的体察中感悟到从未发现的力量。

　　春山之中，夜色斑斓，而人语杂音像是被隔绝了似的，悄悄地隐匿起来。山终究是有花木土石的，可是在心中寂然的诗人看来，此时之山静谧无声，与空山并无二异。一个"空"字夸张似的把人的感觉绵延到极致，仿佛把人带到了异度空间。

　　正当读诗人沉浸在这种空灵静谧的境界中之时，一句"月出惊山鸟"又恍然把人的思绪拉回现实。当月亮悄悄地爬上了天边，陶醉在无边无际的静谧黑暗中的山峦在皎洁银辉的光照下似乎有了惊悸的神色，山鸟也扑棱棱地从这黑暗中闪现出来，偶然骤起的三五声鸟啼划破了夜空，在山谷中久久地回荡。

　　《诗法易简录》曾经评价此诗说："鸟鸣，动机也；涧，狭境也。而先着夜静春山空；五字于其前，然后点出鸟鸣涧来，便觉有一种空旷寂静景象，因鸟鸣而愈显者，流露于笔墨之外。一片化机，非复人力可到。"那么，从另一个角度来看，静亦是动，动也是某种意义上的静了。《鸟鸣涧》之境与《入若耶溪》中的"蝉噪林逾静，鸟鸣山更幽"一语有异曲同工之妙。诗人没有将动与静割裂开来，而是二者合一为整体，站在彼此的视角上去审视对方，刻画出动静结合的佳境，实在是别出心裁之笔。

　　整首诗下来，起承转合，浑然圆融。读之沉浸其中的意境，久久不可自拔。王国维曾说"一切景语皆情语"。白日的喧嚣随着时间的流逝消失殆尽，沉淀下最真实最纯粹的夜，闲下来的人与山在互诉灵魂的心语，细细品味耳边的落花声、鸟鸣声，生命仿佛放缓了脚步，酝酿出越来越醇香的味道。自然中的天籁之音处处可寻，亦最不宜让人发觉；唯有真正的有心人——内心闲静的人——抛却了世俗杂念的侵扰，才能将精神境界真正提升到"空"之境。

　　陆游云："文章本天成，妙手偶得之。"我们陶醉其中低吟浅酌之时，心绪灵魂似乎也随着诗人的文字进入那片清幽绝俗的画面之中了。王维的《鸟鸣涧》，本是为寓居友人皇甫岳居所五云溪（今绍兴市东南）别墅所写的组诗《皇甫岳云溪杂题五首》之一。五首诗每一首都偏爱一方风景，各有独特风韵。唯有这首被誉为"诗中有画画中有诗"之代表的《鸟鸣涧》独领风骚，由明月、落花、鸟鸣点缀出的夜间春山之美跃然纸上。

　　生活在盛唐的王维深受那个时代宗教文化的沐泽，盛谈佛学之风让他在生活之外寻找到灵魂的新一层境界。加之政治上的不如意，一生几度隐居，使得王维越发看空功名利禄的纷纷扰扰，寄予灵魂的超然自达，寻求一方生命的净土。氤氲在《鸟鸣涧》中远离尘世似的清冷幽邃气息，蕴含着人生的哲学思考，充满了具有宗教意味的禅意，这也正是王维佛学修养的诗意再现。

空而不虚，静而有动。细耳聆听夜间春山弹奏出的美妙音符，伴着那深深浅浅的旋律，恍如走进了一个从诗参禅意、空灵流动的艺术世界。

乱花渐欲迷人眼，浅草才能没马蹄
——绿杨荫里西子湖畔

钱塘湖春行
白居易

孤山寺北贾亭西，水面初平云脚低。
几处早莺争暖树，谁家新燕啄春泥。
乱花渐欲迷人眼，浅草才能没马蹄。
最爱湖东行不足，绿杨荫里白沙堤。

春，在诗人笔下姿态万千，笼罩在万物身上生机勃勃的气息是春天最珍贵的赐予。春天不仅融化了漫长冬季的冰冷枯燥，带来了清新活泼的景色；更给人们带来了希望和梦想。

在杭州西湖岸畔有一道白堤存留至今，经过了千百年风雨的洗礼，依然那样祥和而稳重地目送着这个世界上的日月星辰、风云骤起……正是这座白堤让新任刺史白居易目及春光沐浴下杭州西湖的魅力。

绿杨荫里的西子湖畔，一首《钱塘湖春行》渐渐走近，带来了一曲献给春日良辰和西湖美景的赞歌，春之美自然不必多说，而那被人争相颂咏的西湖景色更是被东坡居士称赞道"欲把西湖比西子，浓妆淡抹总相宜"，美与美的相遇，该碰撞出多么灿烂的火花。

孤山寺原为陈文帝南北朝时期所建，处于西湖里外湖之间，因与其他山不相接连，是谓孤山。春光融融，气温回暖，寒冬困住的坚冰被春阳温柔地一照，便自由自在地沿着河湖肆意流淌。随着连绵不断的春雨在西湖孤山寺的北面、钱塘湖贾公亭的西面，与堤坝持平的湖水初涨，眼看着就要与天边层层叠叠低垂的云彩衔接到一起。放眼望去，只见春水荡漾，云幕低垂，湖光山色，尽收眼底。云水相接处飘着蒙蒙雾气，浑然一体，脚下平静的水面与天上低垂的云幕构成了一幅静谧祥和的水墨西湖图。

正当诗人默默地沉浸在西湖静如处子般的天籁神韵中时，忽然闯入的清脆鸟鸣割断了思绪，目光从云水交接处恋恋不舍地收回，已然发现，自己身处一片春意盎然的勃勃之景中了。

新春初生的早莺正活跃在枝头啼鸣，一大早便争抢似的忙着占据暖阳照耀部分的枝丫，叽叽喳喳的叫声清脆喜人。不经意间的一个"争"字让人顿然感到春光的难得与宝贵。也不知是谁家檐下的新燕，正趁着这春光大好，忙忙碌碌衔泥做新巢。一面是黄莺争阳，一面是新燕筑巢，在诗人眼中这些勤恳奔波的身影，越发可爱动人。这些充满生机的小生命，使人倍加感到生命的美好。

视线下移，转到了脚下之景，又是别有一番韵味。"乱花渐欲迷人眼，浅草才能没马蹄。"每一个字里都涌动着丰富的生命活力。"花"前置以"乱"字，种类多样，色彩缤纷之感活灵活现。繁花似锦，声势渐长，在西湖岸畔姹紫嫣红地开遍；而那浅浅的草色，若有若无，仿佛才刚刚能够湮没马蹄。"乱花渐欲迷人眼，浅草才能没马蹄"之意境堪可与前代诗人谢灵运的"池塘生春草，园柳变鸣禽"（《登池上楼》）二句相媲美，甚至视野更加开阔，妙绝古今。

花渐浓艳，草愈欣然，早春时节初生新鲜的气息满溢在《钱塘湖春行》一诗的字里行间，也难怪赏春人会发出"最爱湖东行不足，绿杨荫里白沙堤"的感慨。只见绿杨荫里，平坦而修长的白沙堤静卧在洋洋碧波中，堤上骑马的游春人往来如梭，摩肩接踵，尽情享受着春日时节大自然美的恩赐。诗人漫步在横贯钱塘湖东一带的白堤之中，放眼远眺，饱览湖光山色之美，海纳全湖之胜，心旷而神怡。可是春光再好，在有限的时间与空间里所能呈现的也是不足的；美景再多，对于对西湖的盎然春色充满了无尽热爱的作者来说，也总是有遗憾的。无意流露的"行不足"三字，越发让人对这美不胜收的景色珍惜怜爱了。余兴未阑，这样的一点遗憾反而成了神来之笔，留给读者无尽的回味了。

点染了春色的西湖美景，越发美得让人疼惜。

著名美学家别林斯基曾说过："无论在哪一种情况下，美都是从灵魂深处发出的，因为大自然的景象不可能是绝对的美，这隐藏在创造或者观察它们的那个人的灵魂里。"所谓诗人"画龙点睛"之笔，便是能将寻常的景物经由个人生命体验的雕琢，被赋予崭新的生命深蕴。

白居易有着一副难得的美学家的欣赏眼光，在无数的西湖游者中，独具慧眼地发现了它的动人之处。一花一世界，寥寥"几处早莺""新燕"甚至是最稀松平常的花与草，可是经过几笔诗意的点染，竟透露出不一样的美丽。若是没有对春日美景的强烈感知欲，没有热爱生命的博远胸怀，恐怕亦不会被这为数不多的报春者所打动、所陶醉，而欣然写下动人的诗篇了。

作此诗时，正是长庆二年（822），白居易被任命为杭州刺史，而在宝历元年（825）三月，白居易又调任至苏州刺史。中国历史上，在天堂杭州当刺史之人为数不少，不过最有名的当数唐宋两朝的大文豪——白居易与苏东坡了。他们不但造福一方百姓，为后世留下了令人缅怀的政绩，更让一篇篇描摹杭州以及西湖美景的诗词文章与传闻逸事流芳至今。远离了京畿大臣之间争权夺利的乌烟瘴气，白居易恍惚觉得杭州之春格外的惹人喜爱，漫漫仕途路中难得出现的春天让白居易心情大好，切合着春光正浓，美景美色越发与当下的处境相得益彰。眼中之物似乎都沾染了一层激扬喜悦，读诗人的心情似乎也随着春天弹奏的音符雀跃起舞了。

从孤山贾亭到湖东白堤，一路上湖清草碧，花红莺啼。再回首，仿

佛依然可见，那位饱览了莺歌燕舞、陶醉在鸟语花香的白衣刺史徜徉在
杨柳的绿荫下意犹未尽，恋恋不舍地打马而过，耳畔还回响着世间万物
共同演奏的春日赞歌，心中便不由自主地流淌出一首饱含自然融合之趣
的优美诗歌来。

卷二

秋风起·又见湖边木叶飞

自古逢秋悲寂寥，我言秋日胜春朝
——独辟蹊径，不走寻常路

秋词

刘禹锡

自古逢秋悲寂寥，
我言秋日胜春朝。
晴空一鹤排云上，
便引诗情到碧霄。

　　他从盛唐走来，满身旷达的气概，举目高望不见加身于儒生的孤独寂寥，登高而上便"忽然笑语半天上"，引得"无限游人举眼看"。梦得大笑着闯入政治革新的领地，大笑着跌入政治的谷底，又同样笑看着人生百态，不见悲愁，不闻戚戚，就这么潇洒地向我们迎面走来——这位千古诗豪。

　　同样在政治的纱网里扑打，终而被贬，子厚仍不免抑郁悲愤，直至在一片小石潭里寻得了他的宁静；梦得却是出奇的豁达，不困于仕途的坎坷，不汲汲于功名的碌碌，无论行在何处，都一副乐天知命的微笑模样，所以即使是在简陋的小屋，他也能寻得那份可贵的安宁和心灵的满足。远离尘世喧嚣，"无丝竹之乱耳，无案牍之劳形"，如此清闲淡雅的日子对梦得来说是此生别无他求的美好。

　　梦得与生俱来的乐观深植于他的内心深处，并时常在细微举动里见诸行迹，而且越是在落魄受挫的时刻光芒愈甚。梦得回洛阳途中与同样被贬的香山居士曾在扬州相会，两人惺惺相惜，曾有诸多唱和之作。

　　乐天为梦得鸣不平，叹惋他纵是因才华而被"折"，置身于凄凉遥远的巴山楚水地，这二十三年的时光亦是"折"太多。闻得友人为自己叹息，梦得也短暂有了故乡不再的感慨，但旋即被内心满溢的乐观和希望所安抚："沉舟侧畔千帆过，病树前头万木春。"纵是再灰暗的人生也总会有新的希望和曙光，梦得从来不承认有彻底的绝望。

　　二十三年的贬谪生涯，即便有片刻的愁绪，在梦得豁达乐观的心性里也会将之迅速消弭。对哲学、禅宗皆有涉猎的梦得而言，人生不过是一场验证修行的旅途，一路上的坎坷苦难只会增加内心对于旷达的领悟。因而，在被贬之地朗州的一个秋天，面对着曾被无数人悲情吟咏过的秋日之景，他不禁又是另一种思绪。

骚人墨客笔下的秋，极尽了悲愁萧瑟之感，无边落木萧萧而下，作者要么登高怀人，要么感受秋夜之寒，心中翻腾起的都是"碧云天，黄叶地"般的萧索悲凉之感，"秋"字一出口便呼成了"愁"，任是不愁也难！对于梦得这样一个遭贬谪之人而言，合成那愁的只需一秋足矣，是离人心上眼里无法去直视的痛。

然而纵使众人皆忧，心内旷达的诗豪也绝不会郁郁低沉。许是厌倦了文人墨客笔下的萧瑟愁绪，许是刻意傲绝的姿态展示给使他落魄之人，许是天性使然目之处皆是乐景，梦得独辟蹊径，写出了一个不同于往者的秋，明艳而清爽。

落木、秋萤，这些暗沉沉向下掉落的景象入不了梦得的眼，他的目光在高处，在云天之上，而恰巧此时闯入眼帘的是一只仙鹤，翅翼扇动、排云而上，所以视线便随它直入云霄。

当旁人的目光为落叶、秋虫停留之际，梦得的心早已被那只昂扬向上、矫健有力的鹤所牵引，愈发不屈奋进，在万里晴空下，冲破云层直上天际。你低沉，他昂扬；你悲秋，他赞秋；你哀愁，他乐天。任是一颗饱经寒霜的心也会在这股奋发有力的激情之下再度充满力量，那引入云天的是不羁不屈的灵魂，是豪迈的诗情，是不惧一切的人生态度。

多年贬谪的辛苦，多年落寞难伸的心情，多年颠簸在外的苦楚，都在这一个秋日被一只飞入云天的鹤"排"走阴翳，梦得不觉苦，正如安居于陋室之中反能自得其乐，这一切在他眼里不过是一个需要向上的过程，挥一挥翅膀即能再次振翅高飞。

他喜爱这清入骨、山明水静的秋，喜爱这"数树深红出浅黄"的季节，这无比鲜艳明丽的颜色将江山装点得如此美丽，空气中微寒清爽的气息让人如此爽朗，相比于"恼人狂"的春色，这秋是如此令人偏爱。没有哪一个季节能够像它这般让人通体爽朗，为何旁人眼中尽是那萧瑟之景呢？

梦得于一个秋日寻得了那份不屈的斗志，没有丝毫妥协，没有半分低头，他昂着头看向高处，经由一只鹤将心中万丈豪情带上云霄，于是就连那诗情也显得旷达高远、高绝凛然了。

停车坐爱枫林晚，霜叶红于二月花
　　——深秋山林景色佳

山行

杜牧

远上寒山石径斜，
白云生处有人家。
停车坐爱枫林晚，
霜叶红于二月花。

　　夕阳晚照下枫叶流丹，层林尽染。暮色中的余晖有着烟熏般的魅惑，半边天都被燃烧了似的。满山云锦沐浴在晚阳的恩泽中，如烁彩霞。不远处，一位翩翩长者傲然而立，于这山林秋色中久久驻足，于萧瑟秋风中摄取的绚丽秋色，似乎点燃了樊川先生内心的热情，冷落中寻出佳景，让人沉浸在这美的留恋中无法自拔。

　　远山上被一步步脚印画出的小路蜿蜒曲折，斗转蛇行，一直延伸到充满浓浓秋意的山峦深处。浩瀚的天空中曲曲折折飘浮着层层叠叠的云彩，待到云天的尽头，一切都消失在淡玫瑰似的光海里了，直到浓成一段纯白。这样的景致之中，恍惚可以看见炊烟袅袅而生，鸡犬之声隐隐地在耳畔回响，深山之中顿然有了些许人烟之气，那死寂的恐怖也被恍惚人影给击碎了。

　　深秋时节的草木山川透着分外的光彩，绵长的山路隐逸在满山遍野的枫叶里。远眺那枫林翻涌着血染的红叶，层层叶浪随风而动，起伏得很有秩序了。不知秋日的伏笔如何锻造出这般美景，风霜的洗礼过后，秋叶似乎红得更加灿烂了。晚霞与枫叶相互辉映，娇羞的晚霞越发衬得枫林的大气与壮丽。偶然邂逅的枫叶之美诉说了整个秋日的辉煌，轻溅在诗人的心上，让赏景人流连忘返，及至夜幕登临，也恋恋不舍，不愿弃美景而去。

　　如此一来，诗歌的境界进一步升华。不仅寒山、白云、霜叶入诗，就是连那停车而望、陶然而醉的诗人，也成了风景的一部分，迷蒙的秋色图景浑然一体，越发迷人。一笔重写之后，戛然而止；细细品来越发显得情韵悠扬，余味无穷。

短短的一首《山行》在杜牧笔下不只是即兴咏景，在一层层的铺垫过程中情感愈渐浓烈，最终上升到枫叶点染的浓浓秋意深处。那片气魄宏大的血染枫林，似乎不仅仅是简单之景，更是诗人内在精神世界的表露和志趣的寄托。

古之秋意在众诗人笔下，往往阴盛阳弱。这一幅色彩浓丽、情志热烈的枫林尽染图在杜牧笔下越发显得充满着旺盛的生命活力。

杜牧自幼深受诗书儒道渲染，祖父杜佑正是中唐有名的宰相和学者，及至杜牧一代，纵然家族声势已然不如从前那般显赫，可是杜牧多年刺史之任，跻身官场之中常常对其中的钩心斗角、尔虞我诈格外清醒。审度思考沉淀，杜牧之诗常常具有厚重的历史感，就算是普通的秋日之景在杜牧的《山行》笔下亦寓于深沉慨叹。

几十年宦海沉浮，大风大浪的洗礼让这位晚唐才子看尽世间苍凉，待到沧桑看透，人生尽欢，正如那秋日落幕中的最后一缕余晖，依然不舍本心，璀璨夺目地装点着周边的风景；而在秋晖中愈燃愈烈的枫叶，在某种程度上亦成了杜牧人格的自我写照，越是百花凋零，万物黯淡，身为有志之士越是要以最乐观张扬的姿态傲然于天地间，接受着风霜的洗礼，接受着晚霞的装扮，至于曾经的荣与辱，早已云淡风轻，随时光悄然而逝。

陌上夕阳缓缓归，在晚霞与秋叶交织出那一片绚烂中光芒散尽，所有的美好终将为黑暗所吞噬。杜牧作为这一代最优秀的诗人之一，

在暮霭沉沉的晚唐文坛上投下了最后一道理想的光辉，杜牧的豪壮气
概反映了一个盛世朝代即将垂垂老矣时某些有志之士残存的那一份执
着的守望。

长安一片月，万户捣衣声
——征夫之妻的不眠夜

子夜吴歌·秋歌

李白

长安一片月，万户捣衣声。

秋风吹不尽，总是玉关情。

何日平胡虏，良人罢远征。

征人思乡，闺妇念夫。月光皎然，茫茫银辉笼罩不住笛声悠扬……

战场上无情的血雨腥风怎能关照支撑战争背后每一个家庭的欢笑与泪水，当国之荣辱与战之胜负在渺小的个体生命面前被无限放大，个人的喜怒哀乐似乎已经被积压得不忍注目了。

在长安一片月的清辉里，唯有万户捣衣声……

此诗名为《子夜吴歌》。《唐书·乐志》曾载："《子夜吴歌》者，晋曲也。晋有女子名子夜，造此声，声过哀苦。"诗人化新意作《子夜吴歌四首》，此为其三《秋歌》，借用女子之口，娓娓道来寒夜里的悲凉之事。虽咏旧调，而实诵新曲，李白用一首诗歌悄悄地撕开了这座外表金碧辉煌的盛世王朝的黑暗一角。

夜色正浓，漆黑的天空仿佛是墨染般幕布。画布之上一轮明月皎洁如洗，璀璨的光辉微微笼住整个长安城。高高的城墙默然静立，在月光的轻抚下似乎也变得温暖起来。城墙自然无法阻隔普照天地间的片片银辉，来自于家家户户的捣衣之声也穿过这厚厚的城墙，带着闺中人对战场男儿的担忧和思念，随着秋风飘向了远方。

夜风苦寒，烛火摇曳。光影明明灭灭，映照着制衣女子渐老的容颜。纤纤玉指捏着针线，细弱的银针冰凉如雪，一针一线地在冬衣上缝出密密麻麻的爱意。自与君离别后，一种相思，两处闲愁。月明如昼，天气转凉，不知那些远在千里之外戍边的征夫游子们是否备好了寒衣，高高低低起伏不定的砧杵声，敲打着多少人的心。那"玉户帘中卷不去，捣衣砧上拂还来"的月光，本来就分外撩拨人的愁绪，而如今千家万户的捣衣声起，闺妇们想念丈夫盼望归来的款款深情伴着捣衣声越发浓烈。月朗风清，风送砧声，一声接着一声在秋风中总是化不尽，声声念的都是对边关征人的绵绵深情。

唐朝驿使将要驮着做好的征袍送至遥远的边关，冬衣之中饱含着一夜一夜的烛光，饱含着一日一日的思念，饱含着对和平的渴求与向往。

这一切悲剧的来源追根结底便是战争所致，只是轻轻地问一声，连绵不断的战争，究竟何时才能休止，解还征人一条生路，从遥远的疆场回到家乡。语言在此刻迸发出强烈的震慑威力，如暮鼓晨钟般涤荡着人们的灵魂，这是长安闺妇的叩问，也是远征游子的心声，而细细想来，其实结束战争、早日和平更是全天下人的凤愿。一字未写时局，实则句句关乎时局；虽未直写爱情，然则字字渗透真挚情意。一首普普通通的闺怨诗在诗仙李白的笔下得到了绝妙升华，诗歌所表达的意境更为广阔。

《子夜吴歌》从李白的手里出来，少了些刻板的说教，多了几分意味深长的哲思。青莲居士向来以反驳传统、狂傲不羁的形象现世，在他极具浪漫情怀的书写中，也渗透对现世生命的存在价值的思考，从小小的戍妇为征人织布捣衣之事窥视出处于水深火热中的戍妇与征夫内心饱受煎熬之态，悄然而有力地批驳了战争的实质。百姓常被授予这样的想法：为了国家之盛的战争是正义而有益于百姓的，而为了战争付出鲜血的人们却饱受着情感的折磨，于是个人的生命价值被附加在国家之上，最终只能沦为附庸。当战争的真相被揭露，所谓战争的合理性也受到了挑衅，在《子夜吴歌》中，李白以人性温情的角度表达了百姓对于和平的追求。

长安城内连绵不断的捣衣声与长安城外将征衣送往边塞的马蹄声此

起彼伏，同在这清冷的月光下变得越发萧索。寒夜凄清，冷风刺骨，而塞外风声更紧……远在戍边的战士，正裹着单薄的衣裳，遥遥地思念着故乡的人儿；万里之外，她也正在摇曳的烛光下，默默地为他祈祷着和平的到来。

野旷天低树，江清月近人
——写在烟雾朦胧的小洲边

宿建德江

孟浩然

移舟泊烟渚，
日暮客愁新。
野旷天低树，
江清月近人。

　　如果说"飘飘何所似，天地一沙鸥"是杜甫居无定所、万里漂泊的痛心倾诉；如果说"何当共剪西窗烛，却话巴山夜雨时"是李商隐在漫漫长夜里对情人的凄苦企盼；如果说"春风又绿江南岸，明月何时照我还"是王安石二次拜相途中内心的期许与挣扎，那么《宿建德江》里的一片秋色则是孟浩然愁苦灵魂的自白写照。

　　皇皇三十载，书剑两无成。山水寻吴越，风尘厌洛京。远远望去，一位老者身着长衫，眉峰紧锁，背手迎风立在舟头，江水浪花一遍遍追随着船艄顺波而前，江上的层层涟漪荡漾出一片又一片风景……

　　景不过是寻常之景，可是在失意人的眼中，所遇之景已经被沾染了一层特殊的色彩。此刻，孟浩然孑然一身，望着明月孤舟划过悠悠江水，一点点冲破朦胧烟雾，那仕途的失意、羁旅的惆怅、夹杂着对故乡的思念，往事如烟，一切都像是决堤之水喷涌而出。破碎了的理想无处悼念，人生的坎坷只能留在这诗中孤独品味。

　　日薄西山，夕阳渐晚，暮色一点点吃透天空的蔚蓝，江水上也铺开了灰蒙蒙的一大片。孤舟在水上轻轻泛起波纹，排开了江水缓步前行，在那笼罩着迷蒙烟雾的小洲边停下了脚步。在日与夜的交接处，泛舟之人越发显得凄凉突兀，此刻的景色倏地呼唤起千思万绪，种种感慨似乎都融化在江水中了。

　　一个"愁"字化不开浓浓的沧桑人生。执鞭慕夫子，捧檄怀毛公。感激遂弹冠，安能守固穷。出生在襄阳城中薄有恒产的书香之家，孟浩然自幼便苦读诗书，立下鸿鹄之志。当他终于决定从隐居已久的鹿门山出世谋职，不承想，惨淡的现实却给了他重重一击。

从吴越到湘闽，漫游了大半个中国，干谒公卿名流，以求进身之机。此时的孟浩然早已过了不惑之年，反顾自身，一面是滞游洛阳三年无所成，应进士举不第；一面是诗文成篇，名动公卿，倾服四座。高标理想与黯淡现实之间的鲜明反差，让孟浩然越发找不到自己真正的人生定位，迷惘与苦闷被嚼碎了生生地咽了下去。

记忆的链条被一路颠簸切断。人在舟中，放眼望去，漫无边际的天与地在极远处交叠，那渺远的天空似乎比近处的树木还要低，整个世界变得浑然一体。夜幕越来越深，月光将一缕青涩的目光投射到澄清的江面上，行舟滑过，碾碎了人影晃动。在这广袤而静谧的宇宙之中，竟有一轮明月此刻与他是那么亲近，天上孤月与舟中游子在这朦朦月色里互相慰藉寂寞的心。

"君子于役，不知其期，曷至哉？鸡栖于埘，日之夕矣，羊牛下来，君子于役，如之何勿思？"每当日暮降临时，黯淡的景色格外能够触发人的忧思。《诗经》之中妇思归夫，《宿建德江》里失意游子的惆怅情绪也被点燃了。

孟浩然素来栖隐于鹿门山，可是他的隐不同于常人，是一种怀揣着诗意的"欲达愈隐"状态。正如当时许多有隐士倾向之人，孟浩然是为了隐居而隐居，为着对古人的一个神圣的默契而隐居，在隐居的背后孕育着一个士子的浪漫理想。无所不在的力量在左右着人的命运，他不知命运为何物，却被这无形的枷锁死死钳制。

曾经带着满满的雄心上下求索，想要用一身才情为大唐盛世增添一抹亮色，当他决定把隐居多载的人生沉淀转为实际所用，可是造化弄人，只一声"不才明主弃"让唐玄宗拂袖而起，大半生前程就这样枉枉断送，机遇一次次地擦肩而过，多年卧薪尝胆的精心准备付诸东流。

言虽止，意未尽，唐玄宗十八年（730），孟浩然带着被弃置的忧愤再次南寻吴越，喉咙里被塞满了委屈与愤懑，理想幻灭后的失落无以诉说，只能悄然化在这景物之中了。

旷野江清，秋色历历在目。在这众鸟归林、牛羊下山的黄昏时刻，一叶孤舟停泊在岸边，形单影孤，愁绪盎然，远离故乡的羁旅漂泊之感在未竟的事业面前分外扩大，似乎连这空旷寂寥的天地都被一颗愁心融化了。

无边落木萧萧下，不尽长江滚滚来
——疾病缠身的游子视角

登高

杜甫

风急天高猿啸哀，渚清沙白鸟飞回。
无边落木萧萧下，不尽长江滚滚来。
万里悲秋常作客，百年多病独登台。
艰难苦恨繁霜鬓，潦倒新停浊酒杯。

　　夔州白帝城外的高台上旗山招展，青灰色的城墙在深秋里挺拔着，滚滚江水无情东逝，不知将归向何处。一位老者长衣飘飘，背手而立，念及当下终年漂泊，老病孤愁之态，眼神之中笼罩着一层层蒙蒙雾气。伴着入耳的呼啸秋风，如烟往事搅动着时光的涟漪，眼前的萧瑟凄凉渐渐沁入骨髓，人生的艰难苦恨重新在登高临远过程中无边无际地蔓延开来。

　　此时诗圣杜甫已然五十有六，唐代宗大历二年（767）秋，入冬之前最后一丝绚丽的挣扎已经被渐渐浓烈的严寒之气击得粉碎。一场突如其来的安史之乱，让一直昏昏欲睡安于逸乐的大唐王朝幡然惊醒，此时盛唐恍如一艘饱经风雨之后开始渐渐倾斜的巨船。当然在这巨船上的人们也不得幸免，世风日下，生活飘零，时代的悲哀折射到个人身上，杜甫感到铺陈在生命底色里的无尽苍凉。

　　跨越了唐朝由盛转衰的关节过程，杜甫亲眼见证了一代盛世如何在时代浪涛中越是挣扎越是摇摇欲沉，目睹了处于水深火热中的百姓如何漂泊流离天地间。

　　九月九日重阳节，素有登高望远之习。犹记得王维在《九月九日忆山东兄弟》一诗中的名句"独在异乡为异客，每逢佳节倍思亲"，登高一事放到诗圣的笔下，掺杂着多样的生命体验，越发显得百味杂陈。

　　风霜凄紧，天高远阔，一派肃杀的秋气。夔州向以猿多著称，峡口更以风大闻名，渺远的天空之中偶尔滑过飞鸟的痕迹，带来深秋的消息。

猿啼哀鸣之声久久地回荡在天地间，悲戚而绵长，仿佛是对于秋日最后的告别。脚下汹涌而过的长江水浩浩汤汤，寂寥的河岸上偶尔闪现出一片白色的沙岸，落脚的飞鸟一个回旋又随着秋风远远地飞走了。风之凄急、猿之哀鸣、鸟之回旋，都笼罩着浓郁的茫茫秋气，仿佛万物都对这突如其来的寒意惶然无助。

仰首而视，秋叶带着最后的绚烂在空中画出凄美的弧线，盘旋而落，纷纷扬扬；萧萧而下的落叶一层层堆叠成积，覆过茫茫大地，漫无边际。俯首低眉，但见奔流不息的江水，澎湃着傲人的风骨，滚滚向东绝尘而去。韶光蹉跎，洗白了多少青年时的豪情壮志；岁月有意，却再也无法重染白发银丝。

满目生悲事，因人作远游。安史之乱已经结束四载有余，可是这场战争遗留的硝烟依然存在，为了争夺一方势力割据，地方军阀又乘时而兴，动乱纷争迭起。弃官寓蜀的杜甫原本已然依托严武幕府，暂觅得一方栖身之地。在一段又一段的流亡路程之中，所谓暂且的稳定不过是间隙的驿站而已。

严武的病逝让原本平静下来的生活重新覆了一层寒意，生活的天平失掉平衡，对于未来的希望随之覆灭。失去依靠的杜甫只好离开经营了五六年的成都草堂，顺江南下，想要落脚夔门，重新寻找生活的转机。然而舟车劳顿之苦加之心情苦闷积郁，缠身的病魔又让这一旅程雪上加霜。辗转到云安休养了数月之后，身体勉强恢复，才重新启程，奔波跋涉终到夔门。

来到夔门的杜甫幸得当地都督的照顾，尚且在这么久的艰难困苦之后终于找到了落脚之地。拖着年近六十的残躯病体，漂泊流浪了大半个西南，念及于此也难免唏嘘不已。

　　无边落木萧萧下，不尽长江滚滚来。杜少陵所触动的不限于岁暮的感伤，更意识到将有限的生命置于无穷而永恒的宇宙之中的残酷和无情。终日奔波漂泊的生活让诗人对世间冷暖有着超乎寻常的敏感，今日登临夔州白帝城外的高台，于这萧萧落木滚滚长江面前，曾经带着满身疾病客居的他感到往昔一幕幕情景扑面而来，一生的颠沛流离与这深秋之景竟然有了某种意义的关联。

　　时世艰难，倾言难尽；何以解忧，唯有杜康。恨那些悄然流逝的蹉跎岁月，恨自己两鬓斑白只剩苦恨，可是覆水难收昨日难再；哪怕想要在这潦倒困境中把盏自斟，聊以几杯浊酒自慰，念及狼狈困顿的生活不忍将酒杯停在半空，觉得酒入愁肠更加颓唐。

　　春去秋来，一年一年的秋日在时光中回旋流转，而那位在夔州白帝城外高台上叹秋伤逝之人却不再，不过他留下的这首《登高》以独特的文学魅力在历史长河中永生，给予一代又一代的读诗人以深刻的人生之思。

桂魄初生秋露微，轻罗已薄未更衣
——月从东方升起

秋夜曲

王维

桂魄初生秋露微，
轻罗已薄未更衣。
银筝夜久殷勤弄，
心怯空房不忍归。

夜幕初临，一轮清月满满地挂在天边。银筝拨动着闺中女子的心弦，单衣枯坐良久，不觉已然斗转星移。秋夜一曲，道出良人的绵绵情意。

秋露虽生，却还是微薄稀少，秋气寒意愈来愈浓，虽不至寒冷，然而一丝丝凉意穿过轻盈细软的罗衣，拂过每一缕肌肤。秋凉欲更衣，忽想起远方的丈夫，沉睡在记忆中的那些欢乐的相处时光翻涌到心头，不觉凄然一笑；回转神，孤灯下依然孑然一身，寂寥之意更远更深。

银筝之声在夜空中骤响，惊动了一片寂静。良久良久的回响一直弥漫至深夜，一遍遍重复着曾经熟悉的旋律，那些旋律弹拨出一个女子从古而今的款款深情；沉浸在对丈夫的思恋中久久不能自拔，生怕音落筝停，无边无际的孤寂又将吞噬这空房，这空房又将提醒自己当下的凄凉之境，蚕食着漫漫孤夜里饱受煎熬的心。房空，心更空虚，其情悲切；唯有以曲寄情暂且排遣凄凉寂寞的情怀，话别无尽的相思情谊。

王维素以悠游做派示人，后在佛教禅理的熏陶之下，越发对世间悲喜之事有了一番近乎禅意的解读，常常于庸常处发现风景。一首《秋夜曲》更是将镜头凝缩到寂寞难寝、殷勤弄筝的闺中女子身上，细腻之情在委婉之语的锻造下款款流淌：独守空闺而沉于相思以致单衣裹身不觉寒凉；借以弹筝自遣孤寂，音远声长而难忍相思。这样的细节经过诗意渲染之后，在诗人王维笔下仿佛变作了一幅活灵活现的工笔素描，那"诗中有画画中有诗"的境界再一次得到升华，形似之外神韵荡漾，令人仿佛沉浸其中，意味悠长。

　　《秋夜曲》源于乐府诗歌的《杂曲歌词》，幻化于乐府，又赋予了新意。含蓄之中而情态栩栩，思妇的心理活动一点点地铺展开来，顿觉无限幽怨之情跃然纸上。这般细腻生动的描述，让读诗之人无不为之动容，见识到诗佛王维情透纸背的深厚艺术笔力，在闺中女子的跌宕起伏的情感脉络里，隐隐地闪现出真实而纯粹的人性光辉。

　　一年又一年的秋日，红衰翠减，苒苒物华休。一夜一夜的明月，默默地望着银筝重复着单调的歌。年年岁岁花相似，岁岁年年人不同；只是寄予在秋景之中的情感却迥然相异，每一个难眠彻夜里缠扰的思绪都万千百态。于是在这相似之中，又有了多样化的秋意阐释，黯淡秋思之中这个世界似乎也变得丰富起来。

　　秋夜曲里说秋思。穿越时空之限，犹见得，独守空房的女子弹一曲你侬我侬的相思别曲，月光依然是千年的月光，可是那沉浸在爱情中的人儿早已被岁月更易了容颜。诗歌之魅力亦在于此，它能记住那些古老的回忆，能记住那些永恒的瞬间。

卷三

边塞外·羌笛悠悠怨杨柳

大漠孤烟直，长河落日圆
——河水吞吐日月的气势

使至塞上

王维

单车欲问边，属国过居延。

征蓬出汉塞，归雁入胡天。

大漠孤烟直，长河落日圆。

萧关逢候骑，都护在燕然。

在曹雪芹先生的《红楼梦》中，他曾借书中人物香菱之口盛赞此诗："'大漠孤烟直，长河落日圆。'想来烟如何直？日自然是圆的。这'直'字似无理，'圆'字似太俗。要说再找两个字换这两个，竟再找不出两个字来。""诗的好处，有口里说不出来的意思，想去却是逼真的；又似乎无理的，想去竟是有理有情的。"真正的好诗意在言外，恰如羚羊挂角，无迹可求；这有理与无理的韵味让人咂之深感深意难测，最简单的字词组合却是最特别的情感体验。

无边无际的大漠中，沙土漫天，所有的颜色都融进了大地；一缕烽火台上的孤烟，袅袅而升，直上青天，像是挺拔地插在沙漠上似的。如缎带般的长河缓缓地在大漠身上爬出一道亮丽的风景，装饰着它的面庞；那河水之上闪烁着的金色，是舞蹈的阳光，随着流动的水波跳跃，呼啸而来的风浪吹碎了水里圆展浑融的落日。徐徐谢幕的余晖斜洒在广博的沙漠上，给天地间的万物都镀上了一层金辉。洋洋盛唐大国，伴着一行威风凛凛的战队，雄威闪耀在吞吐天地的山河上。

边塞的风光浩瀚壮丽，可是隐隐之中，一缕日暮西山的苦涩让这景色有了一种最后的狂欢之感。

唐玄宗开元二十四年（736）吐蕃发兵攻打唐属国小勃律（在今克什米尔北），遭到侵犯的大唐子民正处于水深火热之中，唐兵带着万众嘱托，奋勇抗敌。次年春天，河西节度副大使崔希逸在青海西大破吐蕃军队，扬眉吐气。

那一年，正是意气风发，满怀壮志未展。诗人王维以监察御史的身份奉命来到凉州，出塞宣慰，察访军情，出任凉州河西节度幕判官。身为一介文官，王维常沉浸在沉默的文字世界中，未曾饱历战场上的刀光剑影；如今在奔赴边疆慰问将士途中为大漠的壮丽风光所感染，不禁联想到前方战场上的飒爽英姿，与这磅礴潇洒的大漠风光冥冥之中竟成了某种吻合；戍边将士的壮志豪情尚能在五尺枪下实现，而自己如今虽被委以重任，实则这场被排出京畿的人事调动不过是将自己沦为权势纷争的牺牲品而已。各种矛盾交杂的情绪激发出这首闻名千古的《使至塞上》。

轻车简行，一辆马车在沙漠上画出一条前往边塞的路，马铃清脆，啼声隐没在沙石间，转眼已经带着一行人走过了属国居延。绵延辽阔的边塞昭示着这个朝代的雄武，踏在大唐的万里疆土上，随行人油然心生自豪之感。可是在这茫茫的天地间，且看那随着时节而迁徙的候鸟，在春日到来的时候，又开始了北归的征程。诗人自感不过是一束随风飘飞的蓬草，如今被一纸圣谕带到了边塞。边塞的壮丽风光恍如画境般涤荡着人们的心灵，哪怕是大漠里的孤烟与落日也在感染激发着人的内在力量。行走途中遇到负责侦察通讯的骑兵，探得战场消息未卜，诗人忍不住联想，主帅破敌之后，定然会带来得胜还师的好消息。

原本被排挤离京，王维带着满腹的委屈与不甘，自喻如蓬草般无所可依，被这无从把握的命运力量推到了这样的处境，甚至不得自我抉择的权利，难言的孤寂飘零之感涌上心头。边陲大漠壮丽雄奇的景象，将原本的苦闷消融在辽阔之境中了，那由于被排挤而产生的孤寂悲伤似乎得到了淘洗净化，转化为一种更为豁达的慷慨悲壮之情，人生的参悟随着境界的开阔得到了升华。

　　状难写之景如在目前，含不尽之意见于言外。大漠粗犷刚毅的精神，凝聚了诗人的心态，让他对这段波折的生命旅程有了一番别样的解读。一曲"大漠孤烟直，长河落日圆"的赞歌，悠扬地飘扬在大漠上，饱经沧桑的生命在坚毅乐观的基调里重新焕发出生机与活力。

醉卧沙场君莫笑，古来征战几人回
——将生死置之度外的气魄

凉州词

王翰

葡萄美酒夜光杯，

欲饮琵琶马上催。

醉卧沙场君莫笑，

古来征战几人回？

寥寥几语，浅而俗白，细细斟酌，莫若深窖藏酒，越发醇香。

星光闪耀，杯影闪动，夜色微醺惹人醉。在边塞大漠的战场上，这样的一个开场白是少见的，一种蓬勃欢愉的气氛洋溢其间，不知这个故事将如何打开。

在短短的《凉州词》中，王翰用二十八字行云流水般地阐释了战争背景下的悲欢离合，一场残酷战争开始前的狂欢盛筵。

绮丽耀眼的词语与激昂铿锵的音调恍如战争前的隆隆擂鼓，定下开篇的第一句，这个故事在"葡萄美酒夜光杯"中缓缓拉开了序幕。灯光闪烁，酒筵上甘醇的葡萄美酒在精美的夜光杯之中摇曳；杯中人影晃动，欢歌笑语沿着酒杯划出一道弧线，杯盏更迭，伴着歌伎们弹奏的急促而欢快的琵琶声共饮下肚，筵席中人都被迷蒙的酒色围拢了。

酒正酣时，宴饮的欢愉场面与豪放俊爽的精神状态相得益彰。伴着激越的琵琶声和飞扬的酒兴，痛饮过后便醉意微微了。在这酒场高潮的时候，又将要奔赴战场，若是就这样醉倒在战场上，诸君也莫要嘲笑了。自古以来，但凡是踏上战场之人，早已将生死置之度外，从那片血染的土地上活着回来的又有几人呢。末了，虽是为劝酒所作的谐谑语，然而却让人为之动容，狂欢散落是无尽的凄凉，战争带给人们的究竟是至上的荣耀还是无尽悲恸……

酒筵上本是一派欢乐气氛，在这欢乐中融入了生与死的抉择，那种视死如归的勇气里透露着将士将生死之事置之度外的无所谓，这种看似旷达豪迈的胸怀背后就值得人深思，内心的隐忧与幻灭只能寄寓于酒后妄语，其背后沉甸甸的负重是生命的重量。

从初唐到开元盛世，疆域边界不断受到少数民族的侵犯，在前往御敌的过程中，武官也常常需要一批文官随军掌管文牍事务。"唯有凉州歌舞曲，流传天下乐闲人。"一曲曲"凉州词"在这些文官诗人手中化为千古诗句，也为初唐诗坛带来了无比振奋的新气象。

当王翰以驾部员外郎的身份前往西北前线慰劳军士时，饱览了大漠的秀丽风光，同时也深深地感受到在生死与胜败之间的天平上，衡量在艰难地进行。当他站在一个旁观者的角度上审视这位即将奔赴战场的将军，对于战争的必然性与生死的偶然性有了基于人性底蕴的深思。

盛唐气度豪放，国力张扬，在与世界外族的交往中，史册上留下过千里迢迢奔赴匈奴和亲的佳话，也有刀戈相见血溅铁甲的兵戎时刻。唐朝的历史疆域是在一场又一场战争的积淀中稳固甚至扩张的，当面对外敌的入侵，战争成了某种意义上的必然。可是对于每一个参加战争的个体来说，马革裹尸如果是他们的宿命，那么带着醉意的自嘲与戏谑似乎拨动了生命里最脆弱的琴弦。

战争给这个朝代带来了昂首挺胸的豪迈与威望，让子民拥有超乎寻常的激越气概；可是同时一次一次的战争又像是嗜血的魔兽，将鲜活的生命以战争的名义践踏；换来的荣耀与辉煌在灿烂的夕阳下闪耀着晕染着血的鲜红。面对茫茫沙场和胡风酒筵，此刻对战争与娱乐，生与死的体验，也带有几分唐人的豪放。

军人的荣誉与命运是与战争相关的，而军人的生命亦是与战争休戚相关的。于是通过战争这一桥梁，这功名与生死就连接到了一起。在豪华场面和美丽字句的掩盖下，那酒后醉醺醺的壮语似乎成了心迹的表白，略带悲凉的心境被揭开了面纱。

把酒言欢，痛快过后便把生命交付战场，战场上弥漫的硝烟很快覆盖了葡萄美酒夜光杯，悠扬的琵琶声仍在记忆里闪现，而如今耳边已是嘶喊声震天……

但使龙城飞将在，不教胡马度阴山
————耐人寻味的弦外之音

出塞二首（其一）

王昌龄

秦时明月汉时关，
万里长征人未还。
但使龙城飞将在，
不教胡马度阴山。

　　同样面对战争，王翰饱含着"醉卧沙场君莫笑，古来征战几人回"的豁达与谐谑；可是在王昌龄的信手随笔点染下，写意出一派关山冷月气壮山河的浩瀚之气，字里行间满是边塞将士的豪情壮语。

　　皓月当空，千年的银辉穿越时间界限，依然无知无欲地照耀着万里关塞，辽远的大地静谧而安详，唯有呼啸而过的西风卷过脚下尘土，将人卷进了回忆。物是人非，景色依然，只是屡屡进犯的外族一次又一次入侵，戍守边关的将士换了一批又一批。所有夜晚的静谧都是暂时的，转而白天的喧嚣又将袭来，连绵不断的战争一直持续至今，想象着在这片万里明月的土地下，埋葬了多少献身边疆、至死未归的将士之魂。

　　历史悠久的边塞，凝聚了一代又一代人的热血与回忆。从青葱少年到冉冉白发，多少戍边将士将终身的命运都奉献给了这片土地，头顶闪耀的星辰见证了他们的勇猛和志气。汉将的威武雄风仍然飘扬在历史史册上，而如今唐朝边塞百姓在匈奴的入侵下再次处于水深火热的煎熬中，若是曾经像李广、卫青那样的名将依然在世的话，定然不会让敌人的马队度过阴山。

　　字里行间，王昌龄并不仅仅醉心于大漠风光或是战争场面的描写，以边塞为立足点，纵贯古今，打通时空，将诗歌之境提升到前所未有的广度，境界亦随之升华。从秦时的明月边塞写开来，一直慨叹到如今将无帅才的现实，古今对比之下诗心自明，潜台词正是批判当下朝廷用人不当，才造成了烽火长燃、征人不还的局面。

　　作此诗时，正值王昌龄早年赴西域时，盛唐在屡屡的对外胜仗中积攒的旺盛民族自信心也充分体现在《边塞》中，克敌制胜的强烈自信催动着慷慨激昂的向上精神。虽未参与到战争之中，但是身为诗人的王昌龄也用自己的诗歌方式陈述了对于当下战争的看法。一句"但使龙城飞将在，不教胡马度阴山"，看似表面上缅怀旧朝英雄的飒爽英姿，而实则那耐人寻味的弦外之音提炼出贯穿于时间与空间的永恒思考，深深蕴含着诗人对于下层人民的人文关怀。

　　当战争被置于人性的角度衡量，才能够真正理解战争的目的；期待着调任早日能够结束战争的良将，并不仅仅是为了耀武国威，用一场胜利来张扬民族自信心，而是为了那些戍守边关万里未还的将士们早日与家人团聚，为了让黎民百姓重新沐浴和平的曙光，为了生命不再受践踏，为了深受战争负荷的人民能够正常地生活……《边塞》正是反映了人们最朴素也是最珍贵的愿望。

　　闺中人如何企盼久别未见的将士归来，如何终日里提心吊胆地担忧着战场上的生死安危，而战场之人又如何思念故土，如何想要奋勇杀敌早日结束战争；边塞人民忍辱负重担忧惊惧的绵绵长夜，战场上哭号连天血流成河的惨烈景象，这一切一切的场景都被隐去了，虽未提一字，却让人忍不住用想象来填补。二十八字之外，留给人们的是无尽的思考。

　　万里之外的边塞交织出历史纵横交错的网罗，个体的命运被引入历史长河中回忆、体验与思考，在战争中罹遭灾难，却不得不重新受制于战争，战争中并没有绝对的胜利者，所有的胜利都是建立在对人民的伤害基础之上；只是希冀着有一天战争能够早一日结束，能够早一日抚平人们心中的伤痕……

黑云压城城欲摧，甲光向日金鳞开
　　——日光下的片片金鳞

雁门太守行

李贺

黑云压城城欲摧，甲光向日金鳞开。

角声满天秋色里，塞上燕脂凝夜紫。

半卷红旗临易水，霜重鼓寒声不起。

报君黄金台上意，提携玉龙为君死！

李贺之诗犹如画了烟熏浓妆的女子，在狂傲不羁的表面下隐藏着一颗凄冷孤独的灵魂。

素有"诗鬼"之称的李贺，背负着不同寻常的成长经历。贫寒的家境成了他童年生活里挥之不去的阴影，异于常人的敏感让李贺从小便对人间之事有着超凡脱俗的体悟。聪颖的才思让李贺未及弱冠便誉满京华，不料多舛命途处处刁难，让李贺的一生受尽波折。

诗如其人，他的诗歌特色亦往往以诡谲空灵见长，出身下层的经历又让他对于人间疾苦有着透之发肤的深刻体会，对世间百态往往能够有独到精微的见解。在这首《雁门太守行》中亦是如此。

天边乌云翻滚，不断积聚的浓云越来越低，恍如大海中的惊涛骇浪澎湃着万丈豪情；地下万军横卧，一排排地翻涌着兵戈之浪，战争的气息越来越浓烈，整座城池都要被震耳欲聋的擂鼓声摧倒了似的，紧张的战争局势一触即发。

忽而，风云变幻，一缕阳光划破了黑暗，从乌云相间的缝隙里斜射下来，映照在守城将士的甲衣上。金灿灿的阳光温柔地在盔甲上盘旋缠绕，片片金鳞若隐若现，夺人眼目。此刻的他们正披坚执锐，严阵以待，突破了敌人的防线，大军势如破竹般冲溃了敌军阵营，最后的胜利近在眼前。

围城与突围，构成了一个完整的意义单位。然而对于满溢着壮志豪情的将士们来说还远远不够，快马加鞭不舍追敌的脚步。时值深秋，万木摇落，在一片死寂之中，车毂交错、短兵相接的激烈场面最后全化在浅浅的一句"角声满天秋色里"，待到尘埃落定，如泣如诉的号角声响彻在漫天秋色之中，战士们的鲜血染红了秋日的夕阳，晚霞映照着一片狼藉的战场，大块大块如胭脂般鲜艳的血迹，透过夜雾凝结在大地上呈现一片赤紫，这黯然凝重的氛围让人忍不住联想到刚刚结束的这场交锋。

敌军前逃，追兵紧随。直到兵临易水，无路可走，历史上大将韩信的背水之战又将重演，便可想象当时的情势何等危急！在这样严峻的背景下，战鼓似乎也因为霜意厚重而不肯鸣响，一旦鼓声响起，便意味着无数的生命将在这残酷的血雨腥风下化为亡灵。

"风萧萧兮易水寒，壮士一去兮不复还。"明知这场血战之后等待自己的可能是马革裹尸的悲剧，但是战场上的将士依然不舍报效朝廷的决心。宁死不负君主重贤之意，一位位昂然挺立视死如归的将士形象便跃然纸上。

从"黑云"到"金鳞"到"秋色"再到"胭脂"，斑斓的色彩跨越了各种谱系，交织出复杂而深邃的情感。在李贺绮丽峭奇的描写中，他如同一个高明的画家，用颜色来勾勒事件，用颜色来打动人心，各种各样新奇浓重的色彩，构成了诗意的张力，有效地显示了意义的多层次性。

创作《雁门太守行》一诗的时候，年仅十七岁的李贺怀揣着投笔从戎的梦想意气风发。一个又一个爱国将领的英雄事迹传入耳畔，少年充满了热烈的礼赞和无比的钦佩之情。榜样的力量让他深深沉醉在有朝一日可以驰骋疆场挥斥方遒的梦想里，可是现实的不得志又给予重重一击。虽然当时正处于热血喷涌的青春年华，但是李贺对于战争的认识并没有局限在洋溢着乐观主义情调的盲目崇拜上，他也深深地感受到战争背后的残酷无情，这样多层次的体会对于一个初谙世事的少年来说，是难能可贵的。

　　旌旗招展，擂鼓震天，日光下的片片金鳞闪烁着迷人的光彩。全军将士的生死荣辱与一场战争紧紧相连，战场上奋勇杀敌的身影又孕育着少年追慕先辈建功立业的梦想，这样一场战争的意义似乎变得更加耐人寻味。

胡雁哀鸣夜夜飞，胡儿眼泪双双落
　　——男儿有泪不轻弹

古从军行

李颀

白日登山望烽火，黄昏饮马傍交河。

行人刁斗风沙暗，公主琵琶幽怨多。

野云万里无城郭，雨雪纷纷连大漠。

胡雁哀鸣夜夜飞，胡儿眼泪双双落。

闻道玉门犹被遮，应将性命逐轻车。

年年战骨埋荒外，空见蒲桃入汉家。

边塞诗歌的源头可追溯至先秦时期。《诗经》之中就曾有过《小雅·出车》《小雅·六月》等关于边疆的诗歌描写，可是历经历史变迁及至唐代，边塞诗歌已然发展成一支庞大的流派队伍，成为唐朝诗歌史上一道亮丽的风景线。

边塞之作定然与战争之事密不可分，迥然多异的主题让边塞诗在不同诗人手中又呈现出丰富的形态，或是赞颂驰骋沙场、建立功勋的英雄壮志，或是表现慷慨从容、抗敌御侮的激昂精神，同时也不乏征夫思妇的离愁别怨，战争背后遭受生灵涂炭的鲜活生命也渐渐走入了边塞诗歌的视野。一首《古从军行》以赤裸裸的控诉鞭挞着不义战争给人们带来的无情伤害。

白日里登临报警的烽火台观察敌情，黄昏时牵马饮水到河边，这样日复一日的时间轮回消磨了一代又一代戍边战士的青春。汉朝细君公主远嫁乌孙国时残留在路上的琵琶声似乎重新呜呜咽咽地从远方传来，如泣如诉，伴随着寂寞边塞人的幽怨。

边塞风光纵然有过像王维笔下"大漠孤烟直，长河落日圆"那般的雄浑壮阔，也有过李贺笔下"黑云压城城欲摧，甲光向日金鳞开"那般的诡谲绮丽，然而真实的大漠更多的则是"行人刁斗风沙暗"的景象。昏暗的风沙层层席卷而来，刁斗之声也被这肆虐的沙土湮没了。

环顾四周，荒野茫茫，不见城郭人烟的痕迹；大漠上恶劣的天气接二连三，纷纷雨雪簌然而下，边塞铺上了一层层白茫茫的寒意。刺骨的寒风穿透了战士的铠甲，凄冷苦寒之态足以想象。

穷凶极恶的边塞环境已经无法以语言直接形容了。单是一句简单的"胡雁哀鸣夜夜飞，胡儿眼泪双双落"，足以从侧面烘托出戍边至此的将士们饱受艰苦生活的煎熬。难耐恶劣的气候，哀鸣的胡雁夜夜在天空中盘旋飞翔，就连胡人的士兵也常常哀怨啼泪。胡儿胡雁都是土生土长的，尚且对这不毛之地满是抱怨，更何况远行漂泊至此的戍边人了。这一烘云托月的艺术力量折射着戍边人饱受边塞之苦的现实，暗涌着戍边人对于现实的不满。

当一干将士被抛弃在这胡雁哀鸣、胡人沾泪的贫瘠之地，急欲班师复员之念越来越强烈，然而一日日等来的穷兵黩武征辽海的朝廷诏令犹如一道无形的屏障将征人挡在玉门关外，任由思归之念折磨人心。罢兵不能，将士的性命只能交由天意掌管，无可奈何之下跟着本部的将领与敌军拼抗，可惜军心涣散、军力薄弱的惨状预示了悲惨的结局早已注定。

再骁勇善战的边塞征人，也逃不掉最终尸埋荒野的下场，战骨已混杂着大漠的泥土，灵魂却依然向往着家的方向。横布在野外的尸体，目送着新一批将士踏过这片土地，眼见着他们脸上稚嫩的气息还未消退，又渐渐地被这边塞的苦寒磨去了青春，最终像先人一样，将生命终结在这片混杂着硝烟的土地上。年复一年的轮回，埋葬了无数人的青春与命运，这样的代价最终换来的不过是"空见蒲桃入汉家"而已。万千尸骨埋于荒野，仅换得葡萄归种中原，这一得不偿失的悬殊交换下，张明的是诗人怦然有力的价值批判。

一首《古从军行》凝于边塞人事的描写，字里行间却是直指当朝皇帝的所作所为。边塞上呈现的惨剧虽是汉皇开边所致，然而诗人暗里借古意讽刺当下玄宗用兵之事。当统治者的一纸圣令将无数征人调到边塞，每一位将士都牵动着无数亲人的心，支撑一场战争的不仅是战场上数以万计的生命，更是生命背后的一个个家庭。帝王的好大喜功穷兵黩武，换来的是人民生命如草芥般被践踏，战争的意义再一次引发人深思。

胡雁哀鸣夜夜飞，胡儿眼泪双双落。征人们的悲惨遭遇与君主的刻薄寡恩形成鲜明对比，当战士的骸骨与蒲桃一齐入贡，根植于灵魂深处的人性开始悄然复苏，这是对于战争最有力的反省。

更催飞将追骄虏，莫遣沙场匹马还
——坚信必胜的豪迈情怀

军城早秋

严武

昨夜秋风入汉关，
朔云边月满西山。
更催飞将追骄虏，
莫遣沙场匹马还。

　　笔走龙蛇在宣纸上画出英气豪情，金戈铁马在战场上杀出铮铮铁骨。一位背负着将军头衔的诗人，以笔为剑，洋洋洒洒挥毫泼墨，一代英雄的形象栩栩如生。

　　安史之乱给唐朝的国力带来了不可估量的重挫，千疮百孔的国家伤疤还未痊愈，新的伤害又给予重重一击。边疆的纷扰此起彼伏，吐蕃乘虚而入，曾一度兵临城下，危逼长安城。后来西南边境也开始受到异族的骚扰，大将严武直临前线，亲历了边境子民受人欺凌任人宰割的惨状。

　　唐代宗广德二年（764）秋日，寒云低压，月色清冷，阴沉肃穆的气氛更为浓重，这气氛正似风云突变的前兆，大战前的沉默。呼啸而来的秋风横扫关塞，吹落一地红衰翠减；与此同时，匈奴的铁骑踏过大唐边境，所到之处生灵涂炭，一片狼藉。时任剑南节度使的严武正镇守剑南，一身戎装肩负着民族之名与百姓荣光，浩浩荡荡的大军卷起阵阵风尘，誓杀进犯者的决心星月可鉴。

　　西征的队伍一步步击破敌军，收复失地，安定了蜀地。同吐蕃的激烈交战让严武重拾克敌制胜的英勇霸气，身为将帅的责任与担当被最大限度地激发出来。战之胜负与国之荣辱联系在一起，作战者无不气宇轩昂，气魄四射。

　　严武的浩然之气更是淋漓尽致地体现在"更催飞将追骄虏，莫遣沙场匹马还"之中。拨开战场上的弥漫硝烟，主将刚毅果断的气魄和胜利在握的神情跃然眼前，势如破竹的气势直入云霄，震耳欲聋的呼喊声召唤着胜利的曙光，趁着士气正旺，乘胜撒开战马的铁蹄，奋起直追溃败的敌军，誓言破敌的气概催动着斗志，莫要让敌人的一兵一马从战场上逃回。

身为主将的严武是用兵的行家，洞察时局，出奇制胜，善于领兵作战。原本继他之后接任成都尹职的高适，面对吐蕃内犯、攻陷陇右的危局力不能支，于是严武再次被起用为成都尹、剑南节度使，解内忧外患之急。重新受到重用的严武终于找到了能够让自己展翅翱翔的天空，当年九月便破吐蕃七万余众，拿下了当狗城（四川理县西南），十月又收复了盐川城（甘肃漳县西北），率领兵将乘胜追击落败而逃的匈奴，拓地数百里，一举击退了吐蕃的大举入侵，重拾西南边疆的一片安宁。

征途中的一片赤胆忠心在严武笔下化作《军城早秋》，字里行间充满了一个爱国将领的傲气与豪情。恪守着儒家入世精神的严武并非是对战争有着怎样积极的态度，只是身为大将的他将战争视为实现个人价值、报效国家的一种方式。壮志能酬，一身才气终得赏识，得以转化成在战场上克敌称雄的霸气，其间洋溢的乐观自信的豪迈情怀闪耀着属于那个时代的灿烂光辉。

将帅之才大都多英武之气，而少文豪笔墨。在唐代，像严武这样兼备文武的诗人并不多见。他凭借着率真豁达的性格结交了众多好友，与杜甫的一段高山流水之情更是被传为佳话。其精神中满溢着的正义之气也深深感染着杜甫，终其一生对于理想的追求至死不渝，昭示着一介爱国士子的拳拳之心。

锦江春色逐人来，巫峡清秋万壑哀。严武的离世不仅带走了大唐的一位将才，更逐渐抽走了这个时代残存的一点生机，像"更催飞将追骄虏，莫遣沙场匹马还"这般充满豪情壮志的诗句再也少见了。死者已矣，当年治蜀的政绩历历在目，又是一年秋日，蜀中大乱，边塞进犯的消息再次传来，而如今，唯有一首《军城早秋》留予后人品味怀念……

卷四

别离时·一片冰心在玉壶

我寄愁心与明月，随风直到夜郎西
——明月知我心

闻王昌龄左迁龙标遥有此寄

李白

杨花落尽子规啼，

闻道龙标过五溪。

我寄愁心与明月，

随风直到夜郎西。

离别时，没有那婆娑泪眼相望，不见凄凄惨惨戚戚，只放眼望去杨柳依依。将行之人的漫漫前程，送别人已无法同路，只愿轻轻道一声安好，托月寄情，让明月做媒，代为自己的替身，向友人传去自己的思念与陪伴。

古之送别诗向来少不了款款深情，若无肝肠寸断涕泗横流之态，似乎无以表达离别之时的忧伤与不舍。可是到了大诗人李白手中，不过是蜻蜓点水般的寥寥几语，看似无心的点染却让人细细琢磨别有一番韵味。

暮春初夏之交，当柳絮簌簌而下如鹅毛大雪般一层层沉寂在地面上，当杜鹃鸟异常凄切动人的鸣声响起，这样的声色场景对于寄游在外的李白来说已经够撩人愁思的了，耳畔又忽然传来好友王昌龄被贬谪即将远行的消息。

浅浅的一句心情直白，简简单单的事件始末交代，却一步步引到这愁心之忧上来。远游在外之人又遇到友人离别，让原本霜寒的魂灵越发清冷愁苦。"杨花落尽子规啼，闻道龙标过五溪。"不着一个"愁"字而情感自出，这样自然的笔触在寻常间道出巧夺天工的精魄。

不仅杨柳，明月亦是唐诗中的常客。寄寓明月抒发旅思乡愁怀旧念远之情，是文人墨客们常常善用的表现手段。同一明月，在不同的诗中便有了不同的用法，表现之情亦是千差万别。且不说南朝乐府《子夜四时歌》中的"仰头看明月，寄情千里光"，亦不多言汤惠休《怨诗行》中的"明月照高楼，含君千里光"，单是这句"我寄愁心与明月，随风直到夜郎西"便让人有深沐春风化雨之感。当前代诗人还只是在看到明月之后联想到异地的亲友，进而想托明月寄去自己的一片深情，而李白在这里不仅要托月寄情，更是让明月幻化作自己的象征。本来无知无情的明月，竟变成了一个了解自己富于同情心的知心人，将诗人对友人的怀念交给那不幸的迁谪者，替自己伴随着远行之人一直去到那夜郎以西边远荒凉的所在。

一纸诏令自此改写了王昌龄的命运，王昌龄从江宁丞被贬为龙标县（今湖南黔阳县）尉，从此他将离开这繁华之所，去往荒僻边远的不毛之地。这一离别不仅意味着与好友再难相见，更意味着从此王昌龄的仕途将一蹶不振。对老友遭遇的深刻隐忧加之对现实的愤慨不平让李白愁思益深，好友此番由江宁溯江而上前往龙标，等待在下一个人生旅途中的又将是何样的风景……远在扬州、行止不定的诗人自然无法与老友当面话别，只好把一片深情托付给千里明月，向老友遥致思念之忧了。

天宝年间，当李白在长安供奉翰林时曾与王昌龄有过密切交往，情投意合的两人在那段有限的时光里结下了深厚友谊。纵然后来命运的周折将两人引向了不同的人生轨道，然而在那段时间里的相遇让两人碰撞出了璀璨的光彩，再次听闻好友的消息，却是两人依依话别时……

好友话别，情意真切。当李白将思念寄予因得罪权贵而遭遇左迁的王昌龄之时，亦不禁扪心沉思。那遥遥的愁思，不仅渗透着对王昌龄坎坷仕途的担忧，更蕴藏着同样傲岸不羁的李白对自己不平际遇的愤懑。曾经高歌着"一片冰心在玉壶"的桀骜之士即将被流放到远方，而等待着不愿"摧眉折腰事权贵"李白的亦是一次次才情被弃的结局。

将愁心寄予明月，借着风的翅膀直伴友人到贬谪之地。这离奇的想象固然让人耳目一新，然而细细品味，明月寄托着太多人的相思别愁，这外来的负荷不过是赏月人的一厢情愿而已。于明月本身来说，它不过无所忧愁地闲挂在天上，岁岁年年亦不改变。无知无觉的明月，与诗人这无处安放的愁心之间，形成了巨大的情感裂缝，反衬之下，越发突出这愁绪的渺茫无依。

当这首《闻王昌龄左迁龙标遥有此寄》跨过山川大海飘飘洒洒地落在友人的几案上，残存在宣纸上的墨香依然。在缕缕的墨香中，一段知音情谊如清泉般潺潺流淌……

劝君更尽一杯酒，西出阳关无故人
　　——壮举背后的艰辛寂寞

送元二使安西

王维

渭城朝雨浥轻尘，
客舍青青柳色新。
劝君更尽一杯酒，
西出阳关无故人。

　　琵琶声起，弹出一曲离愁别绪；劝酒辞浓，嚷嚷一众实意真情。醇酒入口，难以滋润心头的苦涩，远游的行囊上满载着友人的祝福，微醺的眼神弥漫着一层朦胧雾气，似乎所有的欢愉与泪水都沉浸在这筵席酒场上了。

　　他是才华横溢的才子，工于诗画，他的诗如画卷，美不胜收，创造了水墨山水画派，独成一家。他是有着理想抱负的有为青年，出使边塞，报效国家。他功成名就，官居尚书右丞，号称"王右丞"。他也因宦海浮沉，幽居终南。摩诘因名声显赫在安史之乱中曾仕伪官，后因写了思慕天子的诗，加之其弟平反有功，为之求情而幸免于难。当此之时，大起大落之后，经历了风风雨雨，识破人心真面目，方知友情的珍贵。他珍惜每一个朋友，珍惜与每一个友人共处的美好时光。

　　曾经的大漠之行留给了摩诘深刻的印象，"大漠孤烟直，长河落日圆"的景象依稀留存于他的心中，即便是那些美丽如诗的画面也不能掩盖边疆环境的恶劣。浩瀚的沙漠，百里没有人烟的荒野，恶劣的自然环境无不留给他深刻的印象。此时，他在风景美丽的渭城，亲朋好友如影随形，他要送别的是他的好朋友元二，要去他曾经去过的浩瀚如烟的阳关之外。当年已不复，曾经那里是大唐的边疆，现在国力衰微，狼烟四起，关内已民不聊生，国家局势岌岌可危，何况那遥远的边疆。

　　渭城的客舍一排排静立着，自东向西而去的驿道如长龙般绵延不见尽头。清晨的渭城散发着新鲜的生命力，经过晨雨的洗涤，万物都焕发重生般的朝气。地上的轻尘悄然消融在细腻的雨滴中，仿佛天从人愿，特意为远行的人安排一条轻尘不扬的道路。

春景宜人，风光如画。不过在这渭城的客舍却守护着一个又一个即将远行的羁旅者。这里对于他们来说，不过是人生旅途中一个小小的驿站，不久之后，又将重新背起行囊奔向远方。平日里路尘飞扬，路旁的柳色不免笼罩着灰蒙蒙的尘雾，一场朝雨一色新，拂去轻尘之后，那青翠的本色又重新焕发光亮。柳色之新映照青青客舍，从清朗天宇到洁净道路，从青青客舍到翠绿杨柳，构成了一幅色调清新明朗的风景画，丝毫不见情感的黯然委顿，反而处处洋溢着轻快而富于希望的情调。

诗的前半部分丝毫不见离别的感伤与愁语，一声"劝君更尽一杯酒，西出阳关无故人"似乎将人从浮想联翩中重新拉回了现实的酒席间，远行之人一定要在这最后的筵席里再干了这一杯酒，遥想未来，出了阳关，便可能从此与一干老友南北异地再难相见。

于那宴席上如何频频举杯、殷勤话别，酒过三巡如何泪洒席间，相依相别，当启程的号角响起杨柳边又是如何恋恋难舍，登程后如何手搭凉棚、瞩目遥望，这一切的场景都化在读诗之人的想象中了。诗人如同高明的摄影师，将那最具表现力的镜头凝结在十四字的精华之中。宴席已经进行了很长一段时间，殷勤告别的话语已经重复过多次，酿满别情的醇酒已经喝过多巡，当友人上路的时刻不得不到来，主客双方的惜别之情在这一瞬间抵达了制高点。一句"西出阳关无故人"看似无意间的脱口而出，细细品来凝聚着送别人强烈深挚的惜别之意。

此时，他的心情是复杂的，元二的心情他也可以理解。乱世出英雄，元二想的是此时是立功的大好机会，也许在此时可以实现多年的夙愿，建功立业，丰功伟绩，名留青史。然而，没有人比王维更清楚关外的状况，夕阳西下，断肠人在天涯的寂寞，万里征战几人回的凄凉，他比谁都清楚。他不忍心看着朋友去那荒凉的所在，他多么想留住元二，希望他不去安西，希望可以和朋友朝夕相处，安享晚年。

清晨细雨缤纷过后的渭城，空气里飘荡着泥土的芬芳，两个旅人互诉离别之情。两人都晓得，想要成就一番伟大的事业就要承受比别人多无数倍的寂寞，这也是古今伟人的共同之处，谁也不能例外。因此，需要努力地去闯荡，没有那么多的顾虑，他们暂时抛却了令人不愉快的事情，尽情地喝酒，留住暂时的快乐，让友谊永恒，让分别没有那么多的落寞，是他们此刻共同的心愿。

遥想那渺远的阳关，在河西走廊的尽西头守护着国家的边关，在某种程度上亦是盛唐与西域的交割点。安史之乱后，唐朝边境不断受到来自西面吐蕃与北方突厥的侵扰，此番友人元二奉朝廷的使命前往安西，及至阳关之外，便是黄沙漫天的穷荒绝域，人烟稀少，处处都是凄凉萧瑟之景。"西出阳关"虽在当时看来是壮举，然而其间不免历经万里长途的跋涉，备尝独行穷荒的艰辛与寂寞，至于未来亦将难免遭受战争的威胁。此行一去，前路凶吉难卜。

王维和朋友都知道乱世的艰辛，他们都愿意去承受那些寂寞，去承受别人不能承受的痛苦，愿意为黎民百姓做出自己应有的一份贡献，这是儒家的信仰。"苟利国家生死以，岂因祸福避趋之"是他们的立身原则，元二必须去安西，百姓需要他，国家需要他。此时的王维在落寞的人生暮年难得有一知己，朋友却要为了自己的梦想勇闯边疆而不得已分离，而元二要去的是他曾经去过的故地，其中的滋味想必也只有诗人自己能够理解。也难怪在此时此刻，王维的感情喷薄而出，写下了这诗中有画、画中有诗的绝句。

临行前的这一场酒局是别离在即的最后酣饮，劝君更尽的这一杯酒里更像是浸透着诗人全部丰富深挚情谊的浓郁情感琼浆。那些未尽的话语，那些复杂的心情，不仅有恋恋惜别的情谊，更潜藏着对远行者处境、心情的深情体贴，甚至于道一声珍重的殷勤祝愿也都化入这醇浆琼酿之中。浅酌一杯酒，有意无意地延宕着分手的时间；友人的离去，那些言笑晏晏的场景都随之流逝，两相知已从此天涯各一方，这"西出阳关无故人"之感又何尝只属于行者呢？

黯然销魂者，唯别而已矣。世界上没有比分别更痛苦的事情，战乱的边疆，友人即将奔赴未知的前途去建功立业，而自己也在飘摇的政治环境中摇摇欲坠，以后能否归来重聚尚不可知，想到此处，怎么能让人不伤感呢？于是，诗人默默地斟满酒，高举酒杯希望能够再与朋友多喝一杯酒，让酒淹没其中的伤感，希望酒中短暂的快乐能够掩盖住分别后带来的更大落寞，也希望他们的友情天长地久，更希望朋友能够建功立业实现梦想，希望重聚的那一天。

这小小的客栈承载、见证着两人感天动地的友情，渭城亦在，客栈亦在，在此之前与在此之后都会有旅人在此分别，唯有他们的感情铭记于世，因了王维这一千古绝唱。"劝君更尽一杯酒，西出阳关无故人"这一曲悠悠浅唱让他们的友情铭记于中国历史，深深地烙刻在分别的场景当中，成为离别的经典绝唱。即使过了千年，我们依然能从当中感受到他们深厚的友情。

临别依依，这一刹那的情愫化作记忆中的永恒。无言的沉默里一首渭城曲袅袅响起，青青柳色里尽显情谊深切，把盏更酌间珍藏着丰腴的情感。当这首渭城曲在后世千秋万代的离别之场中响起，曾经王维在渭城送别友人的场景重新从记忆深处翻涌而来……

莫愁前路无知己，天下谁人不识君
——多胸臆语，兼有气骨

别董大

高适

千里黄云白日曛，

北风吹雁雪纷纷。

莫愁前路无知己，

天下谁人不识君。

　　犹记得那句"忽如一夜春风来，千树万树梨花开"里勾勒的美丽雪景图，边塞诗中高适所营造的大气磅礴之感似乎还未消退，而如今，这样的豁达开阔又延展到送别诗，在送别诗中又呈现出一番别样的情态。

　　正是黄昏，太阳渐渐褪去了光彩，逐渐转为黯淡。万里浮云浓密地积攒在天边，夕阳缓缓地向西移动着脚步，在大朵大朵的白云上晕染出片片曛黄。北风呼啸，黄沙万里，遮天蔽日，到处都是灰蒙蒙的一片。

　　此时友人董庭兰即将跨马启程，为了前途奔向远方。忽而从狂吹的北风中，遥遥可望空中断雁，孤零零地翱翔在凄冷的旷野中，在这巨大的单色调背景下，越发衬得孤雁的黯然神伤。正是离别之际，目遇此情此景，这一只孤雁似乎触动了无情往事，让送别之人心生无限感念。正在此时，积郁已久的白雪也从天空中纷纷扬扬地飘落了……

　　唐玄宗天宝六年（747）春天，伴随着吏部尚书房琯被贬出朝，身为门客的董庭兰也离开长安。精通音律的琴师董庭兰善弄七弦琴，时人崔珏曾赠诗赞许道："七条弦上五音寒，此艺知音自古难。惟有河南房次律，始终怜得董庭兰。"怎奈在盛行胡乐的盛唐时期，七弦琴这种曲高和寡的古乐并不能真正地被人赏识，董庭兰空有高山流水之音，而难有真正的伯牙子期之遇。

　　然而此时郁郁不得志的不仅仅是董庭兰，就连高适亦不得不到处流浪，四海为家，空怀一身报国之志无人赏识，常常落得窘迫贫贱的境地。同是天涯沦落人，共处在困顿不达境遇中的两人越发在灵魂上找到了契合点。

前两句随意点染的景物描写，看似无关人事，却已使人如置身风雪之中，回想起董庭兰满身才华竟沦落至此境地，几欲使人涕然泪下。

面对这样的处境，本该是无限的落寞与悲伤，恰在此时，高适笔锋一转，一改往昔的颓唐落败之情，一句"莫愁前路无知己，天下谁人不识君"的劝慰似乎将所有的晦气一扫而光。此番远行，莫要担心知音难觅，凭借着卓越的音乐才华，天下哪个人会不认识琴师董庭兰啊！这掷地有声的话语中洋溢着积极自信的乐观主义精神，于慰藉中充满着信心和力量。

贫贱相交自有深沉感慨，对于高适来说，这劝慰的暗示也是说与自己。"六翮飘飖私自怜，一离京洛十余年。"曾经饥寒窘迫的日子浇灭了自己追求梦想的希望，而一声"天下谁人不识君"的呐喊，激发着内心的失意转化成奋而向上的强大动力，在雾蒙蒙的生活面前不愿丧失内心的最后一缕阳光。

著名诗论家殷璠在《河岳英灵集》中褒扬高适诗歌"多胸臆语，兼有气骨，故朝野通赏其文"，内心的积郁情感喷薄而出，在笔下化作豁达乐观的文字，正是高适气骨的再现，如此朴素无华的语言，铸造出醇厚动人、冰清玉洁的潺潺诗情。

在唐人的赠别诗篇中，那些低回流连、肝肠寸断的凄清缠绵之作，固然以独特的审美趣味令人为之感切至深，但是另一种慷慨悲歌、发自肺腑的诗作，却又以其坚强的信念与真诚的情谊，为灞桥柳色与渭城风雨涂抹上另一番豪迈健放之美。

高适与董琴师久别重逢，而短暂的聚会之后，如同两条相交线一般旋即又将转身错开奔向他方。临别前的肺腑之言，全然不写千丝万缕的离愁别绪，而是满怀激情地鼓励友人在未来的征程中不失心中的自信与希望。这样的赠别诗，与王维笔下"劝君更尽一杯酒，西出阳关无故人"恳切的临别之语迥然相异，《别董大》已然超脱了简简单单的离别之愁的摹写，而是将境界提升到一个崭新的高度，在人生层面上探讨生命的态度。

绝望之余虚妄，正与希望等同。前路漫漫，纵然曾经生活中风雨飘零，曾经阴暗如晦，可是潜藏在心中对于生活的热情与希望却不曾改变，高歌一曲"莫愁前路无知己，天下谁人不识君"，是对未来生命的最好礼赞！

海内存知己，天涯若比邻
——爱，即永恒

送杜少府之任蜀州

王勃

城阙辅三秦，风烟望五津。

与君离别意，同是宦游人。

海内存知己，天涯若比邻。

无为在歧路，儿女共沾巾。

　　极目远望，迷蒙晨雾笼罩着天地，一眼望不到尽头，纵览四方，在流浪的道路上不知何处是团聚的终点；前路漫漫，送你离开千里之外；只此一别，即将与友人天各一方，曾经多少个绵绵长夜中彻夜长谈的知己就要被空间的阻隔分割，一句"天涯若比邻"的旷达之语，消融了无情时空之隔的惆怅与悲伤，同时宦游之身，自该看透匆匆岁月遥遥地域，相隔再远，只要两颗知音之心穿越时空之限彼此应和，虽在天涯亦是身边。

　　依依惜别之地正是在巍峨雄伟的长安城，这一自古以来就被三秦之地守卫拱护的地方见证着一对友人的绵绵情谊。目及远方，拨开苍茫无际的风尘烟霭似乎看见如战士般傲然而立的五大渡口装饰在浩瀚的长江岸上，似乎静待着远游人的到来。

　　从长安到蜀地，一句城阙，一句五津，送别时没有酒席筵前"劝君更尽一杯酒"的未了情谊，也没有孤雁哀鸣杨柳依依，甚至不见执手相对泪眼凝噎无语……送别之人不过道一声何处是起点，何处是归宿，那些叮嘱缠绵的话语都已略去，留给远行人的是最豁然的告别仪式。

　　对于为求达仕漂泊在外的两人来说，想当年的背井离乡，已然酝酿了一层厚厚的别绪。无论在人生哪个驿站中停留，都不过是此处的过客而已。在客居中话别，就如同在别绪之上又累积了一层新的离愁，这样的循环周折对于远离故乡、常年漂泊之人来说早已是家常便饭。同是宦游的两人不愿再沉浸在无限凄恻之中，白白地让最后短暂的相聚时光浪费在卿卿我我话离别上。

如果"同是宦游人"的深刻认识已经将诗歌意境有别于普通的赠别诗，那么一句"海内存知己，天涯若比邻"的呼唤则将诗歌提升到一个真正至高的境界。空间的间隔割不断两人之间的知己情谊，只要同是在四海之内，就是天涯海角也如同近在身畔一样，长安与蜀地的距离又算得了什么呢？

在王勃的笔下，人之情谊真正地突破了所谓时间与空间的限制，灵魂上的共鸣远远胜于地域上的共处。若是同心，远隔天涯却近在咫尺，这一深刻的认识早已超脱了一般送别诗的狭窄之境，于深挚的情谊里表达着耐人寻味的人生哲理。在这样大同的理想境遇下，这份乐观豁达的情感所呈现的是一个精神上的永恒世界。

此次友人孤身前往蜀地，远走天涯，诗人留予的临别赠言里不再掺杂着悲伤的泪水，送友至此岔路，两人即将作别，诗人反而劝慰友人莫要为这儿女之情哭哭啼啼，此时的分手并不是斩断情谊，将这友情升华至一个更加宏阔的境界。

面对分别，王勃的这般豪情深深震慑了无数人的心。友情真正地被解脱出时间与空间的束缚，让情谊变得更加真挚感人。正是对这份友情的自信，才敢在当时与人联系如此不便的情况下喊出"海内存知己，天涯若比邻"的惊世骇俗之语。

南朝著名文学家江淹曾在《别赋》中摹写了各种各样的离别之境，无不令人喟然感伤。黯然销魂者，为别已矣。当阴郁离愁的色彩充溢在大多数的送别诗歌中时，王勃的《送杜少府之任蜀州》高扬着"海内存知己，天涯若比邻"的积极乐观情愫，将之前的淡淡伤离一笔荡开。

友情深厚，江山难阻。人与人间的距离不在于山高水远，而在于灵魂之间的交结。在现世的交往中，当冷漠的情感占据了人际交往的全部空间，当人与人之间的关系需要依靠物质与时空来维持的时候，在王勃的《送杜少府之任蜀州》里，那"知己尽在四海内"的顿悟重新洗刷了人们对于真正友谊的定义。

圣代即今多雨露，暂时分手莫踌躇
——皆是叹息

送李少府贬峡中王少府贬长沙

高适

嗟君此别意何如，驻马衔杯问谪居。

巫峡啼猿数行泪，衡阳归雁几封书。

青枫江上秋帆远，白帝城边古木疏。

圣代即今多雨露，暂时分手莫踌躇。

高适在送别董大时"莫愁前路无知己，天下谁人不识君"的旷然之音依稀闪烁在耳畔，同样面对友人遭遇落败、背井离乡的送别之境，一句"圣代即今多雨露，暂时分手莫踌躇"的殷殷慰勉语又袅袅传来……

起起伏伏，跌宕的仕途难免给人不一样的风景。在尔虞我诈的官场斗争中，曾经官拜县尉之职的李王两位少府最终沦为更高权力阶层的牺牲品，一个被贬黜峡中，一个被遣谪长沙。在这场送别里，不仅是从一地辗转到另一地的漂泊之怅，更是友人跻身官场以来的一次重创，更意味着从此生命轨道的扭转。一首送别诗，背后默默地支撑着一个辛酸的人生故事。

因贬远游，两人满腹愁怨难以排遣，恰逢离别时刻，又在旧创之处添了新伤。或许在友人勾勒的前景里，充斥着无尽的苍凉。想象着当李少府风尘仆仆地奔赴至四野荒凉的峡中，凄厉的猿啼之声在寂寥空旷的荒远之地骤响，像尖刀一般划破了被贬人的心，感伤的泪水不禁蔓延在脸颊；而至于被贬谪至长沙的王少府，似乎被回雁峰上空盘旋的归雁勾起了潮湿的记忆，从遥远的长沙跨越千山万水重重阻隔，就算是寄予鸿雁传书，往来的书信也屈指可数。两人即将远行至这样渺远的凄凉之所，联想当下际遇，难言的苦涩翻涌到心头。

纵然如此，当下时运不济并不能让人自此失掉前行的信念，诗人期许着李少府到达峡中之日秋高气爽，明净高远、略无纤尘的天空上，褐色的枝条装点着它的蔚蓝，茫茫青枫江上划过片片孤帆的剪影，勾勒出一场秋日的盛筵。而待到王少府抵达长沙凭吊白帝城时，便可看见古木参天、枝叶扶疏之景。

寥寥几笔勾勒出一幅想象中的归处图景，无酒香无柳色，却全然不减半分真情。

高适的这一首送别诗别具一格，所述对象是两位远行者，诗人以想象之笔言现实之情，在一首诗歌中巧妙地运用互文手法合理地关照到各方情绪，实在是匠心独运之笔。一面是被贬峡中的李少府，另一面是被贬长沙的王少府，纵然有太多不同，两人同是贬谪之人的身份成了将两位少府勾连一起的结合点。

暂时的被贬并非命运的终结，前方的道路依然如同白纸一片，等待着人们在上面挥洒绚丽的色彩。希冀着两位被贬之人莫要因暂时的挫折而丧失信心，不失掉心中哪怕渺小的希望，终有一天，恩泽的雨露定然会降临到生命之中。

语重心长的劝慰和对前景的乐观展望，将离别的基调提升到昂扬向上的高度上来。这一番劝慰不仅是针对离别愁绪，更多的是面向友人的未来人生，未来是否真的能够沐浴圣泽无人可知，可是这样的劝勉自然能够重新点燃友人的希望。无论经历过怎样的风雨洗礼，唯有坚守热爱生活的勇气才能继续昂扬地走下去。

从巫峡到衡阳，从青枫浦到白帝城，无论未来人生路途中的景色如何，诗人都以一句"圣代即今多雨露，暂时分手莫踟蹰"渐渐消融着李、王二少府远贬的愁怨和惜别的忧伤，试图在那干涸的心田上埋下希望的嫩芽。人生如四季，冬去春又来，漂泊在外的日子何尝不是为了等待下一个春日的到来……

故人西辞黄鹤楼，烟花三月下扬州
　　——充满诗意的离别

黄鹤楼送孟浩然之广陵

李白

故人西辞黄鹤楼，
烟花三月下扬州。
孤帆远影碧空尽，
唯见长江天际流。

如今湖北武汉市武昌蛇山的黄鹄矶上，传说三国时期费祎于此登仙乘黄鹤而去的传说依然为人们津津乐道。掩映在翠丛绿茵里的黄鹤楼经历了无数风雨洗礼，见证着流逝的岁月在它的身上画出一道道历史的痕迹，那飞檐、那楼宇，那淡青色的瓦和那一个个代代流传的故事。

黄鹤楼，似乎成了文人们登高远眺的常驻之地。黄鹤楼承载着了崔颢笔下"晴川历历汉阳树，芳草萋萋鹦鹉洲"的渺然愁绪，更见证着李白送别好友孟浩然时灿烂的春光即景。

想当初，唐玄宗开元十五年（727）与孟浩然初识时，正是李白年轻快意的时候，未经世事沧桑磨砺的李白眼中保持着最淳朴的本真。放浪形骸于天地间，纵酒会友把诗歌踏遍，东游归来的李白在湖北安陆度过了最为怡然旷达的日子。也就是在他寓居安陆期间，李白邂逅了长他十二岁的著名诗人孟浩然，知己相遇分外惺惺相惜，两人很快结为挚友。

开元十八年（730），阳春三月，好友孟浩然将要前往广陵（今江苏扬州）的消息传入李白耳畔，李白便托人带信，约孟浩然在江夏（今武汉市武昌区）相会，友谊甚笃的两人把盏言欢，说不尽绵绵情意。几天后，轻舟载着孟浩然漂漂荡荡即将东下，李白亲自送到江边，应当时之景怅慨然之情，洋洋洒洒挥笔写就了这首名垂千古的《黄鹤楼送孟浩然之广陵》。

黄鹤楼本身，是仙人凌云飞空的精神象征，寄寓着种种与此处有关的富于诗意的生活想象。黄鹤楼这个与友人相别的分离之所，承载着两人曾经聚会流连的美好记忆，这些幸福的时光在即将分手的两人看来，是内心最珍藏的回忆。

穿过烟雾，看繁花似锦。放眼望去，看不尽的大片阳春烟景无缝隙地铺满了整个大地。三月是烟花繁盛之时，而开元时代繁华的长江下游，又正是烟花之地。友人孟浩然即将奔赴扬州的消息让李白深感振奋，扬州正是自己日思夜念的理想之处，而今远行的友人能够先一步饱览江南的大好风光，这让诗人忍不住浮想联翩，在脑海中勾勒出一派烟花三月的扬州春色。亦正是因为未经现实折翼的想象，才让这一笔"烟花三月"显得越发美好。

而转眼间，现实的离别又将诗人从这美好的想象中拉了回来。载着孟浩然远游的小船已经扬起了风帆，融入大海深处。春日的晚霞染红了半边天空，头顶上曲曲折折飘浮的云彩也在随着远去的轻舟移动着，小船全身的曲线都消融在淡玫瑰色似的光海里，直到身中央浓成一段纯白。在起伏得很有秩序的浪花里，若隐若现的是小船的倒影，白色的风帆突兀地矗立在偌大的江面中显得格外孤零，伴着这滚滚而逝的长江水，帆影在水中渐渐模糊，最终消逝在水天相接的尽头。再凝眸，只留下浩浩荡荡的一江春水向东流。

绚烂的阳春三月美景，在李白笔下恍若精心渲染的水墨画，几笔勾勒的放舟长江、目送远影之景，融化了李、孟二人的绵绵情谊。李白对朋友的一片深情、李白对江南美景的羡往，悄然体现在这富有诗意的神驰目往之中。澎湃起伏的心潮，恰如滚滚东逝的一江春水，带着向往的别离，在这孤帆碧空之浩然磅礴里充满了无尽的意味。

如果说王勃的《送杜少府之任蜀州》展现的是那种少年刚肠的离别，如果说王维的《渭城曲》中展现的是那种深情体贴的离别，那么李白的这首《黄鹤楼送孟浩然之广陵》里呈现的则是充满诗意的离别。李白的诗意不仅是他豪迈洒脱人格的折射，更与这个繁华的时代、繁华的季节与繁华的地区紧密相连。盛世的光芒让诗人充满了昂扬的自信，浓浓春意陶冶着精神情趣，而弄舟江南之行又消解了离别远游的苦意，这一次的送别转而成了两位风流潇洒诗人的愉快之旅。

胸中荡漾着的无穷诗意为这送别时的春景赋予了强烈的抒情意味，一首《黄鹤楼送孟浩然之广陵》犹如畅想曲一般延伸着人想象的边界，寄托在碧空与江水之间的离别之情，跳脱了悲情伤感的樊笼，如这兴致蓬勃的春色一般，让生命变得活泼生动起来。

卷五

愁绪中·别有一般滋味在心头

抽刀断水水更流，举杯消愁愁更愁
——郁结之深，忧愤之烈，心绪之乱

宣州谢朓楼饯别校书叔云

李白

弃我去者，昨日之日不可留；

乱我心者，今日之日多烦忧。

长风万里送秋雁，对此可以酣高楼。

蓬莱文章建安骨，中间小谢又清发。

俱怀逸兴壮思飞，欲上青天揽明月。

抽刀断水水更流，举杯消愁愁更愁。

人生在世不称意，明朝散发弄扁舟。

在宣州谢朓楼上，瑟瑟秋风中杯盏更迭，唐朝伟大诗人李白正要送别好友、族叔李云。岁月无情地染白了缕缕青丝，失意的生活积怨了李白满腹的牢骚，借着为好友饯行之际，和着这城楼上的万里青天，酒助诗兴，李白忍不住挥笔泼墨，抒怀慨叹。这普普通通的牢骚之语在大诗人的笔下纵游穿梭于万世之中，别具一格的诗意让言语之中附着了人生的哲思，在千百年的岁月流逝中，引发了无数读诗人的共鸣。

李白诗歌中充溢着的浪漫主义情怀是基于以自我为主体的主观情感宣泄，无论是天与地，他者与岁月，在俊逸豪放的李白诗歌中早已让步于"我"的存在。想洋洋唐诗上千首，能够像李白那样站在宏观而广博的视角审视时间与自我主体关系的，实在是少数。

一句"弃我去者，昨日之日不可留；乱我心者，今日之日多烦忧"写下了诗人为时光添上的第一笔注脚。失去了的昨日犹如东逝之水再难回头，昨日弃我而去然后又把我推向下一个时间，让接踵而至的今日变成另一个昨日。如此的循环往复，眼见着光阴如梭，转瞬即逝。每一日处在日月不居、时光难驻的惶恐之中，心意烦乱，忧愤郁悒。时间催人老，更无情的是这日益飞逝的时间蕴含了"功业莫从就，岁光屡奔迫"的精神苦闷，这才是真正触动诗人郁结之深、忧愤之烈与心绪之乱的根源。

正当这忧郁愤懑的情绪在一点点弥漫开来，缓缓展开的一幅壮阔明朗的万里秋空图将笔锋一扭，从极端苦闷转到了爽朗开阔的境界。洁净如洗的天空上被均匀地涂抹了蔚蓝，万里长空中呼啸的秋风送来了南徙的归雁。面对眼前的壮美景色，不觉精神一爽，之前的烦忧为之一扫，一种心境契合的舒畅直涌入心田，"酣饮高楼"的豪情逸兴也就油然而生。

眼前之景触发了绵绵沉思，身处这巍巍谢朓楼上，忽想起历史上建安风骨的刚健遒劲，念古及今，友人李云的散文下笔浑厚有力，堪可比蓬莱文章。而向来信心十足的李白，也将自己的诗歌泰然比之谢朓的清新秀发之作，字里行间又洋溢着对自己才能的自信。

然而当时正处于安史之乱的前夕，怀揣着远大政治理想来到长安的李白想要一展雄才，然而仅仅两年翰林院任职之后，仕宦纷争而起的谗言逼他被迫离开朝廷，曾经的浪漫主义想象在现实面前被击得粉碎，愤而开始了漫游生活。客居宣州邂逅友人李云之事重新点燃了李白胸膛的梦想。挽携着同样为官刚直清正和不畏权贵的李云，诗人忍不住兴致勃勃，怅然感慨道"俱怀逸兴壮思飞，欲上青天揽明月"。

彼此都怀有豪情逸兴，趁着酒酣兴发，更是飘然欲飞，甚至想要腾云驾雾，登上青天揽取明月。上天揽月，固然是一时兴到之语，未必有所寓托，然而这飞动健举的形象却让读者分明感觉到诗人对高洁理想境界的向往追求。笔酣墨饱，一挥而就，"长风万里送秋雁"所激起的昂扬情绪推向了最高潮，在这激情澎湃的豪言里，仿佛现实中的一切黑暗污浊都已一扫而光，心头的一切烦忧都已丢到了九霄云外。

当诗人的精神在幻想中进行驰骋遨游的时候，身体却被迫束缚在污浊的现实之中。"长风万里送秋雁"这般自由神奇的境地毕竟是虚无缥缈的想象，从幻想回到现实之中，理想与现实之间不可调和的矛盾更加重了内心的烦忧苦闷，遁落到残酷的现实中，又是"举杯消愁愁更愁，抽刀断水水更流"里一落千丈的转折。举杯畅饮本为消弭愁苦之痛,而实际上却越发加重了愁绪;不尽的流水与无穷的忧愁之间,形成了某种意义的对照,很自然地排遣烦忧的强烈愿望中引发了诗人"抽刀断水"的联想。

在现实的困境下,力图摆脱精神苦闷结果换来的不过是像沉溺沼泽一般沦陷于更深的愁苦,这不可调和的矛盾让李白忍不住发出"明朝散发弄扁舟"的呼号。这样出于内心的真情流露,让人忍不住被诗人的率直洒脱而感染,积郁已久的强烈精神苦闷终于找到了疏导的发泄口,在因理想与现实的尖锐矛盾而产生的急遽变化中抓住了希望的最后一点尾巴。

谢朓楼上友人相见,一首《宣州谢朓楼饯别校书叔云》抒发着内心的激愤与感慨。李白在怀才不遇的满腹牢骚里注入了慷慨豪迈的情怀,诗歌中的哲思品悟早已超脱了诗人个体的沉浮,而是上升到人类普遍意义的生命体验中。瞬息万变、波澜迭起的情感波浪和腾挪跌宕、灵活多变的艺术结构将豪放与自然的品格完美地结合起来,这首诗在一代代人的赏析品读中,焕发出越来越生动的艺术魅力。

晴川历历汉阳树，芳草萋萋鹦鹉洲
　　——渺茫不可见的境界

黄鹤楼

崔颢

昔人已乘黄鹤去，此地空余黄鹤楼。

黄鹤一去不复返，白云千载空悠悠。

晴川历历汉阳树，芳草萋萋鹦鹉洲。

日暮乡关何处是？烟波江上使人愁。

一二三

　　长江岸畔的亭楼之中，有一座闻名千古的楼宇，无数文人骚客登楼远眺，茫茫江景映入眼帘。在黄鹤楼上的各层大小屋顶交错重叠，翘首飞举，仿佛是展翅欲飞的鹤翼。若是响起悠扬笛声，这楼层内外绘下的仙鹤便化为真身蹁跹起舞似的。

　　坐落于长江南岸蛇山峰岭上的黄鹤楼始建于三国时代，而唐朝时崔颢的那句"昔人已乘黄鹤去，此地空余黄鹤楼"让人们真正地记住了黄鹤楼上的如胜风光。千余年的风雨洗礼让这座古朴的城楼凝聚着深沉的历史文化底蕴。如今极目望去，但见远处高楼林立，车水马龙；千百年前的风景则永远地镶刻在崔颢的那首《黄鹤楼》中。

　　巍巍而立的黄鹤楼依然保留着古时名叫子安的仙人曾经羽化成仙驾鹤经过黄鹤山的传说，曾经的仙人随着这远去的故事渐渐消逝在飞速旋转的时间年轮中，如今只剩下一座空荡荡的黄鹤楼。黄鹤这一番飞天之后就再也不见踪影，千百年来只有头顶的白云悠悠飘过。

　　纵目凝望远方江天相接的自然画面，辽阔天空中的朵朵白云越发显出景色宏丽阔大。诗人的心境随着景色的铺展渐渐打开，胸中的情思也随之插上纵横驰骋的翅膀，黄鹤楼久远的历史和美丽的传说一幕幕在眼前回放，然而如今一切终归是物是人非、鹤去楼空。在空间的广袤与时间的无限性里，寓托着崔颢时不待人的吁嗟叹喟，一种岁月难再、世事苍茫的幻灭感油然而生，随之激发起诗人内心的绵绵乡愁。

　　将思绪从渺远的回忆中收回到眼前，拨开层层迷雾，目及之景触动

　　诗人最柔软的心弦。万里晴空下广袤的汉阳平原上矗立着的树木清晰可见，鹦鹉洲中长势茂盛的芳草在漫山遍野上铺遍。这样空明悠远的境界让诗人忍不住联想起身世经历，此情此景交融在一起，一步一步走进诗人的内心世界。

　　夕阳缓缓归，半天天空都铺满了绛红色，越来越浓重。黄昏时的阴郁之气越来越浓，倦飞的鸟儿要归巢，远行的船只也要归航，昼与夜的交接时分格外能引发人内心的孤独。同样漂泊在外的游子又何尝不想回归故乡的怀抱，然而天下游子的故乡又要去哪里寻呢？江上的雾霭一片迷蒙，连诗人的眼底也生出了灰蒙蒙的雾气，隐隐的泪花在眼角闪耀，问乡乡不语，思乡不见乡，心系天下苍生的广义乡愁揉碎了心中的浮萍。

　　枕山临江、峥嵘缥缈之形势与耸入云际、白云缭绕之壮景呈现出远近日夜交互错杂的奇妙变化，在浓郁诗情之中充满了画意，富于绘画美。首尾紧咬的"黄鹤"一词多次出现，如骊龙之珠，抱而不脱。不拘常规的格律变幻，反倒成就了这首诗歌别具特色的审美趣味，"唐人七律第一"的美誉名副其实。

　　崔颢的这首《黄鹤楼》不仅让长江岸边这座寄寓着久远传说的楼宇闻名遐迩，更让崔颢一鸣惊人，在唐代诗歌史上留下了浓墨重彩的一笔，甚至让自称为楚狂人的诗仙李白也对此诗盛赞："眼前有景道不得，崔颢题诗在上头。"以至于后来李白仿照《黄鹤楼》而创作《登金陵凤凰台》一诗，其格调也难以再现崔颢诗的辉煌。

　　遍历山川湖海，升华了的精神境界让诗人视野洞开，站在一个更高的角度去审视名楼胜地，晴川沙洲，从脍炙人口的朗朗诗句里，散发着意味悠长的高妙美学意蕴。

海日生残夜，江春入旧年
——诗苑奇葩，艳丽千秋

次北固山下

王湾

客路青山外，行舟绿水前。

潮平两岸阔，风正一帆悬。

海日生残夜，江春入旧年。

乡书何处达？归雁洛阳边。

　　被寒气积压了一个冬天的生机犹如脱缰野马一样在这个春天勃然绽放，正在旅途中行走的人们被新生的春意勾起了绵绵愁绪，这多年的漂泊生涯，就这样在迎接着春天的到来又送别春天的脚步中周而复始。

　　王湾的这首《次北固山下》，最早显见于唐朝芮挺章编选的《国秀集》。对于羁旅在外的诗人来说，这一年冬末春初的吴楚之游有了特别的意义。南方之景虽常被冠以温文尔雅之闲风，可是论及南方的不同地域——巴蜀、潇湘、闽南还有吴楚，又是各具一方特色。

　　当顺长江东游的小舟漂漂荡荡，在江苏镇江的北固山下停住了脚步，又一年冬去春来，王湾已经在外漂泊了多个年头。旭日东升，面对江南早春之景，置身水路孤舟，感受时光辗转流逝，油然而生的别绪乡思与眼前之景浑然一体。那句千古名句"海日生残夜，江春入旧年"不愧得到了当时丞相张说的盛赞，经过张丞相亲自书写悬挂在宰相政事堂上，让一众文人学士作为学习的典范。

　　此时王湾的小船正停泊在北固山下，诗人乘舟，正朝着展现在眼前的被丛林映绿了的江水前进，驶向"青山"，驶向"青山"之外遥远的"客路"，即将开启的行程正在这葱葱郁郁的青山之外。纵眼漫漫前路，春日水涨，江水浩渺，满满的浪潮亲吻着河堤，船上之人的视野也被打开，河的两岸开阔无垠，已然消融在这绿水中了。

　　春风正盛，行驶而过的船只顺着和风，在广阔浩瀚的水面上踏浪，饱满的风帆端端正正地高挂着，张扬着无比的自信。在"风正一帆悬"的小景背后，以平野开阔、大江直流的壮阔场面作为映衬，不愧有王夫之所赞的"以小景传大景之神"（《姜斋诗话》）。

潮平而无浪，风顺而不猛，近揽江水碧绿，远望两岸开阔。在这样一个处处透露着春天气息的夜晚孤帆远扬，缓行江上，不知不觉时间已近残夜。在昼与夜的交接时分，眼望着从海上缓缓升起的红日一点点吞噬夜晚的黑暗；而如今旧年尚未逝去，江上景物已驱走严冬，呈露春意。孕育在严寒之中的希望像嫩芽一般悄然萌发，所有的苦难终将逝去，最后的光明占据一切。

从寻常吴楚景色里，王湾看到了潜藏在景色变幻中具有普遍意义的生活真理，给人以乐观、积极、向上的艺术鼓舞力量。诗人将情感内容完全容纳在特定时空生动可感的自然景象之中，因而诗的情感基调不仅略无哀伤凄婉，反而表现出时序交替、昼夜转接之际对独特的江南景象与蓬勃自然生机的发现的喜悦，不失为一种浑厚高朗的审美境界。

海日东升，春意萌动，小舟依然在平静的江面上画出优美的弧线，朝着青山之外的客路驶去。流浪旅程中的乡思之情何以传达，或许仿效那"雁足传书"的典故，在北归的大雁们经过洛阳的时候，将远行游子的思念与问候带给家乡人吧。淡淡笼罩全篇的乡思之情柔而不烈，冬春交替的喜悦又让人欢欣鼓舞，残夜归雁引发的怀乡情丝里透露着富含深意的生命哲理体悟。

于平凡处见真情，于常理里唤真知。同样之景，在不同的诗人手中又呈现出迥然不同的意境。王湾的这首《次北固山下》便是在寻常的景色里挖掘不一样的体悟，简单的字句组合出别出心裁的意境，诗间洋溢着的美感，正如春日的江水般无边无际——"诗苑奇葩，艳丽千秋"之赞名副其实。

两处春光同日尽，居人思客客思家
——思念是一种很悬的东西

望驿台
白居易

靖安宅里当窗柳，
望驿台前扑地花。
两处春光同日尽，
居人思客客思家。

　　元和四年（809）三月，一纸调令改变了元稹的仕途。元稹接到以监察御史的身份出使东川按狱的诏令后，不得不告别闺中娇妻，远赴他乡。元稹与妻子韦丛感情甚好，却从此不得不忍受两地相思之苦，在《使东川》一诗中慨然叹道：“可怜三月三旬足，怅望江边望驿台。料得孟光今日语，不曾春尽不归来！”三月的最后一日，元稹料想住在长安靖安里的妻子以春尽为期，等他重聚，而身负使命出游在外的元稹只能让妻子在空等中一点点失望，每忆及此情此景，内心的怅惘之情都深深弥漫开来。

　　身为元稹好友的白居易将这一切都目之心间，元稹对妻子的一片深情，如今却被天涯相隔，相爱的两人只能通过想象的方式互诉思念，应和着元稹之诗，白居易写下了《酬和元九东川路诗十二首》的和诗，并题词说：“十二篇皆因新境追忆旧事，不能一一曲叙，但随而和之，惟予与元知之耳。”《望驿台》便是其中一首。

　　初识白居易，最有名的还是那首《长恨歌》，杨玉环与李隆基之间荡气回肠的爱情终在笔下以一曲“在天愿作比翼鸟，在地愿为连理枝”的赞歌做结，无数读诗之人为之动容；再后来，《琵琶行》中江州司马一句“同是天涯沦落人，相逢何必曾相识”的慨叹不禁惹得泪眼婆娑；向来以真情动人的白居易在酬和好友的这首《望驿台》里更是让人耳目一新，独特的旁观视角切入居人与游子的内心世界，将两人互念的绵绵情意呈现得淋漓尽致。

　　遥想在长安靖安里的宅子里，洞开的窗牖里总是镶嵌着一个娇弱女子的倩影，此时元稹的夫人韦丛正枯坐床头，对窗怀人，思念着远方的丈夫。窗外柳条凄凄，垂展而下，细密的柳条斜织成承载着浓浓乡愁的帘幕。按照唐人风俗，爱折柳以赠行人，因柳色而思游子。柔长不断的柳丝延伸成韦丛心中延绵不绝的念夫之情，凭窗守着碧柳、凝眸念远的情景让人禁不住联想或许此时远在异乡的元稹同样也在思念着家中的妻子。

　　镜头挪移，场景转换，刚刚抵达望驿台的元稹望着春意阑珊、落红满地的凋零之景也定然心绪不宁吧。春尽江南，见落花犹见家中如花之人，想象着妻子因为自己未归而失望的神情越发触动元稹敏感的心弦，两相互念，异地同心，诗人用一笔"两处春光同日尽"浅浅带过，字清意浊，两地同样消逝的春光里含混着两人预期欢聚的落空，"春尽"之中那些美好的期许与希望也随之湮没了。

　　预定的归期没能实现，"居人思客客思家"的念想便愈加浓烈。思念并不随着春尽而消失，两人的款款深情在岁月的打磨下更加感人心魄。一种相思，两处闲愁，情感的暗线穿插着两地的春光，把千里之外的两颗心紧紧联系在一起。

　　思念是一种很悬的东西。往往时空的阻隔让这思念之情更加深切，身在异地的有情人被一条隐形的线紧紧地连在一起。靖安宅里的闺中少妇，望驿台前的有意郎君，春光的凋零让两人回忆起曾经相处的美好时光，缅怀着那些错失相聚的良机，只是在共同见证最后一点春光消融的时候，才恍然从对彼此的思念中醒来，感受到时间的无情流逝。

　　身为旁观者的白居易亲历亲证着好友元稹与妻子的绵绵情意，他的视角插入了独特的审美体验，纵然诗人未能参与这场相思的苦恋，可是纵阔伸展的想象与铺陈给两人之间的浓情蜜意附着了更为深远广泛的意义，在白居易的手里，精短简洁的相思之语让人心生暖暖的人性关怀。

垂死病中惊坐起，暗风吹雨入寒窗
——再远，也是牵挂

闻乐天授江州司马

元稹

残灯无焰影幢幢，

此夕闻君谪九江。

垂死病中惊坐起，

暗风吹雨入寒窗。

　　元和五年（810），刚直不阿的元稹将一纸诉状呈递到皇帝面前，里面密密麻麻地写满了对当时不法官吏的控诉，这一举动定然触动了一大批人的苟且之利，此时一场风暴正在元稹身边悄悄酝酿，几天之后，等待元稹的是被贬为江陵士曹参军的消息，而后仕途辗转，又改授通州司马之职。

　　离别之日，好友白居易泪打青衫。忠贞为国效力的元稹被迫沦为这场权力博弈的牺牲品，带着悔恨与不舍即将远离京畿，从此好友分离难再相聚。正当白居易还沉浸在为好友元稹的遭遇愤懑不平的时候，谁料到，又一场不公的命运垂怜到白居易的头顶。

　　五年之后，宰相武元衡的死亡引发了朝野厅堂的震荡，白居易直言上书，请求逮捕刺杀宰相武元衡的凶手，结果不小心深陷权力纷争的旋涡，得罪了权贵。在当权者的操纵之下，白居易亦被贬为江州司马。远在通州的元稹听闻好友被贬的不幸消息后不禁陡然一惊，愤而挥就这首《闻乐天授江州司马》，言语之间满是同是天涯沦落人的悲慨。

　　当好友白居易因言被贬的消息传入元稹的耳畔，正是元稹孤独一人在通州苟且生活的时候。夜深如海，沉淀在这个雾蒙蒙的冬夜。夜色无缝隙地笼罩着这座简陋的居所，屋中的残灯燃烧尽最后的一丝生命，周围留下了模糊不清的浊影。

　　灯影在阵阵微风中闪耀跳跃，映得屋子里忽明忽暗。孤灯旁边正在重病中的诗人元稹忽然听到好友贬官九江的消息，震惊之余挣扎着坐了起来，遥望窗外，掩映在暗夜中的残风冷雨一声紧似一声地敲打着窗檐，联想到此时自己的处境，刻骨铭心的寒意沁入骨髓……

原本自己被贬谪到通州，已经是万念俱灰，心寒神脆。心境不佳又身患重病，这雪上加霜的日子已然充满了寒意；如今连挚友白居易都蒙受冤屈即将被贬他所，内心万般震惊怨苦难以诉说，满腹愁思一齐涌上了心头。

以我心写我景，则我景皆著我情。风月无意人有情，这寻常的冬日夜景在作者笔下竟委以"残灯""暗夜""寒窗"来雕饰。那失了心焰的灯光被称为"残灯"，灯影摇曳恍惚之间尽是"幢幢"之感；那沉冷急遽的风而今却成了"暗风"，以至于穿窗而入也使窗户有了寒意。这感受的移入，情愫的照射，心灵的渗透，连风、雨、灯、窗都变得又"残"又"暗"又"寒"了。最是哀景皆哀情，情与景的交融汇合，妙合无垠，汇成了诗歌中闪耀着人性光辉的暖流。

一层层的景物描写，一层层的情感铺垫，这情感的旋律在"垂死病中惊坐起"里达到了最高潮。惊悸之状活灵活现地隐化在"惊坐起"这意味悠长的三字之中，作者当时听闻消息时陡然一惊的神态跃然眼前。正是元稹自己身处被贬的境遇之中，才能深深体会这样的人生转折对于白居易来说意味着什么。情感的浪潮虽然在不断酝酿，可是紧随其后的一句"暗风吹雨入寒窗"又将原本澎湃的激情悄然消解在一片景色之中。至于惊悸的具体内容，全都杂糅在景语里，蕴含在漫无边际的想象之中了。

因好友被贬陡然一惊的片刻，无疑是包容着无数情感流动的片刻，千言万语涌上心头却无以诉说，复杂的情绪滚滚翻涌，积郁着巨大的阐释能量。当整首诗都在为"惊坐起"之态铺垫的时候，这"惊"的片刻骤然一现，而又对"惊"的内蕴不予点破，这就使全诗韵味隽永，情深意浓，耐人咀嚼。

读罢全诗，似乎从旋律中深切地感受到，当喷涌而起的浪花卷到了制高点，又随着潮波涌动，将身体匍匐在漫无边际的海面上……诗歌的旋律与情感的旋律紧紧地结合在一起。

同是天涯沦落之人，一首《闻乐天授江州司马》道不尽元白二人的绵绵深情。在这个寒冷的冬夜，一份牵挂友人的热忱之心像一束温柔的火苗悄悄绽放在星空中。

卷六

爱正浓·愿作鸳鸯不羡仙

此情可待成追忆，只是当时已惘然
——向来情深，奈何缘浅

锦瑟

李商隐

锦瑟无端五十弦，一弦一柱思华年。

庄生晓梦迷蝴蝶，望帝春心托杜鹃。

沧海月明珠有泪，蓝田日暖玉生烟。

此情可待成追忆，只是当时已惘然。

世事沧桑许久，物是人非事事休。曾经凝结在记忆里的悲欢离合如今都销声匿迹，当年经历一切的时候，不觉其中的曲折精彩，漫不经心的一瞥，那些记忆之景早已化作惘然。

时过境迁，当梦里重新唤起那些或悲或喜的瞬间，当沉淀后的时间以一个新的角度审视过往，才恍然觉悟，在那些曾经波澜不惊的表面之下，蕴藏着无边而深邃的世界。

此情可待成追忆，只是当时已惘然。遥遥地，似乎望见李商隐枯坐在窗前，思绪在时间的长河中穿梭，从历史到未来，那些久远的记忆泛着诗意的泡沫汩汩而流……虚无缥缈又最难把握的情愫在李商隐那里，化作一个个现实的场景，承载着一个个典故，顺着一首《锦瑟》层峦叠嶂般地铺陈开来。

妻子王氏手中的锦瑟雕刻着美丽的花纹，瑟声悠悠响起，每一根弦上都弹拨出深沉的情谊。美好的时光转瞬即逝，寄寓在这瑟声中的怅惘让人深深沉醉，思慕着过往的青春，思慕着那些再也回不来的岁月，每每忆起锦瑟，往事历历在目，心绪难平。

在泛黄的史书中记载着庄周的清晨之梦，一只蝴蝶在梦里翩然起舞，与这筑梦人融为一体，不知周之梦为蝴蝶欤？蝴蝶之梦为周欤？面对群雄逐鹿、剧烈变化的战国社会，庄周之慨产生了人生虚幻无常的思想，而有感于晚唐国事衰微、政局动乱的李商隐亦如虚无缥缈的浮萍般在茫茫弃世中游荡。在李商隐的黯然晓梦中，洋溢着他对爱情、对生命消逝的伤感。一种有限生命催动下的时间紧迫感让商隐之梦蒙上了一层灰白。

那位蜀地的旧主杜宇，禅位隐退而不幸国亡身死，相传死后的灵魂化作飞鸟，每至暮春时节，啼声哀怨凄悲，动人心腑，及至口中流血不能停止，后来由此得名，此鸟被封为杜鹃。如今听闻锦瑟繁弦中的哀音怨曲，脑海中又闪现着庄生晓梦，引起了诗人无限的悲感，难言的冤愤如闻杜鹃之凄音。想当初，杜宇之托春心于杜鹃，而如今佳人之托春心于锦瑟。截然不同的故事被相似的感情串联在一起，诗人的妙笔奇情，于此已然达到了一个高潮。

当此之际，玉溪就写出了"沧海月明珠有泪"这一名句来。珠生于蚌，蚌在于海，每当月夜空明，蚌就会向着月亮张开笑颜，蚌内的珍珠在月光的滋润下逐渐显露出晶莹的光芒，那亮光如同月色挥洒的斑斑泪痕。月亮原本是天上明珠，而珍珠如同水中明月，皎月落于沧海之间，明珠浴于泪波之界，这月光与珠色与泪眼，似乎幻化作统一整体，一笔下去，已然形成了一个难以分辨的妙境。瑟宜月夜，清怨尤深。

蓝田之色，曾经在诗人戴叔伦的笔下赞叹道："诗家美景，如蓝田日暖，良玉生烟，可望而不可置于眉睫之前也。"李商隐的"蓝田日暖玉生烟"之说便是从此处化用而来。日光温煦，滋养着蓝田玉中的袅袅精气，隐约之中，仿佛看见冉冉升腾烟雾缥缈似的，给人以仙逸高冷之感，令人无法亲近。沧海月光与蓝田玉色相对，亦将其中的共同之处切合到一起，给人以异常美好的审美感受。

佳人锦瑟，一曲繁弦，惊醒了诗人的梦景，不复成寐。整首《锦瑟》诗人调用了丰富的学识，引用了大量的典故与传说，生动贴切丰富多样，却未曾让人有深陷掉书袋的艰涩之感。庄生梦蝶，是徘徊于现实与梦境的迷惘恍惚；望帝春心，包含着不舍本心苦苦追寻的勇气；而沧海鲛泪，则是无比宏阔的寂寥与漫无边际的孤独；蓝田日暖，传达着温暖而朦胧的淡淡情愫。各种各样的情感经过岁月的沉淀大多已然模糊，可是许久之后再来品味，华年的美好与生命的感触皆融于其中，却只剩下只可意会不可言传的神秘空灵。

在天愿作比翼鸟，在地愿为连理枝
　　——永生相随

长恨歌
白居易

······

在天愿作比翼鸟，
在地愿为连理枝。
天长地久有时尽，
此恨绵绵无绝期。

　　一曲琵琶弹不尽霓裳羽衣歌里的百转缠绵，炉香袅袅里那美丽女子的舞裙穿梭出一片光影流年。历史的足迹正在渐行渐远，可是关于爱情的传说永远在那首《长恨歌》中化作永恒的守候。

　　想曾经，歌舞升平，妆红酒浓。六宫粉黛再有美丽的容颜，终比不上杨家女儿的回眸一笑。柔暖的烛光里掩映着杨玉环的娇羞百态，今夜醉倒在帝王的柔波里，一同化作天空中最美的星辰。

　　然而，他们不是普通的相爱男女，一国之主本该胸怀天下，却独独沉溺于爱情的旋涡无法自拔；一介妃子本该安守后宫，却借着爱情的名义蹚入了政治的浑水。不仅杨玉环自己新承恩泽，就连姊妹弟兄皆列高位。当爱情被附着了政治利益，天平的一端不断地加入新的砝码，崩溃的临界正一点点默然而近。

　　安史之乱的一声兵戈炮响，击碎了潜隐在后宫中的男欢女乐。一石激起千层浪，国之不存，情之何安。一直沉溺于女色的皇帝终于尝到了亲手酿造的苦酒，慌张之下带着心爱的女子仓皇逃入西南。伴随着这个帝国一角的轰然倒塌，他们之间的爱情也面临着严峻的考验。在国之存亡与爱之舍得间，这位肩负着国家使命的情郎必然要做出抉择。

　　逃亡路上到处都是黄尘、栈道与高山，日色黯淡，旌旗无光，秋景凄凉。马嵬坡上萧风阵阵，暗蓝色的天空低沉着脸，战争的血腥味儿已经弥漫在暴躁的空气中。阴风带来了一浪又一浪六军将士的呼号，处死杨家女的呐喊直戳唐玄宗的心田。两难的选择摆在面前，曾经相爱的场景一点点浮现，无论是前进一步或是后退一分，都注定是悲惨的结局。

在国家与爱情面前，他终将弃置爱情。这绵绵的长恨在她的坟头埋下了火种，顺着泥土的缝隙缠绕进他的心里，侧畔美人的玉体已经冷却，记忆中的片段还在一遍遍地回放，川蜀的荒渺不及唐玄宗内心的凄凉，曾经的甜蜜温暖与如今的黯然神伤赫然相照，幻化如梦，再难追思。

红颜祸水，成了历史变局时最爱援引的借口。亦有多少薄命红颜成了人们口诛笔伐的替罪之身，这一次，杨玉环付出了生命的代价。

回宫后的唐玄宗心思难再，亭台舞榭上雕龙转凤的花饰仍在，池中荷花依然开得艳旺，一切旧景发新情。物是人非事事休，缠绵悱恻的相思之情如同虫瘿般固执地根植在晦暗的生活中。马嵬坡那一日的场景像是记忆中的某个莫名的凸起，吸引着唐玄宗在往后的日子里抚触摩挲。

难以在现实中寻得温暖的唐玄宗转而将目光移向了想象，竟而想要通过求仙寻道的方式再与情人相见。忽而上天，忽而入地，在那海上虚无缥缈的仙山上似乎终于找到了杨贵妃的影踪。恍惚中但见一女子轻风拂袖，步履轻盈，犹似当年宫中的霓裳羽衣之景再现，梨花带雨尽显可爱之态，脉脉含情的深望里不胜莲的娇羞。人间未了的情谊终于在这仙境里实现，趁着这短暂的相聚，不禁立下生死盟誓，无论是天之比翼齐飞鹣鹣鸟，还是大地上永不分离连理枝，但要是能够永守纯爱的美丽，两人愿意生死相依。

天若有情天亦老，人间正道是沧桑。现实的不可得与想象的美好之间形成了鲜明的反差，这天长地久的海誓山盟更像是沙漠中虚无缥缈的海市蜃楼一般，相聚的日子总是短暂的，而对于那段苦恋的遗憾却是长久地铭刻在内心，超越一切时间与空间的阻隔永不磨灭。

娓娓道来的情与恨在《长恨歌》中交织出一片丰富的景色。讽喻与同情，悔恨与遗憾，爱恋与责备，各种复杂的情感构成了诗歌内涵的多重张力。而贯穿始终的一种神秘而鲜活的力量在左右着这些人的命运，将爱情与人生导向未名的方向。

历史并不是抽象的，是在一环接着一环的链条上抉择出不同的方向。若是当时没有玉环与玄宗的相遇，若是当时没有安史之乱，若是当时帝王不必做出那个两难的抉择……"若是"太多，可是历史的车轮就是在这样的巧合中滚滚而来，无从抗拒。现实不允许将"如果"推倒重来，唯有这首《长恨歌》闪耀在诗歌史上，成为永恒的明星。

身无彩凤双飞翼，心有灵犀一点通
——心心相印才最美

无题
李商隐

昨夜星辰昨夜风，画楼西畔桂堂东。
身无彩凤双飞翼，心有灵犀一点通。
隔座送钩春酒暖，分曹射覆蜡灯红。
嗟余听鼓应官去，走马兰台类转蓬。

情深意浓，莫不盼着朝朝暮暮的温暖；时光空隔，难免让人叹息天长地久终化作泡影。若是"在天愿作比翼鸟，在地愿为连理枝"的箴言，是在为永恒的情感而翻涌想象的妄念，而一句"身无彩凤双飞翼，心有灵犀一点通"则灵巧地为这空想添上现实的注脚，不求生死相依，但求心心相通，在灵魂的深处寻得理性，抵达一种共鸣的契合。

一个春风沉醉的夜晚，低垂的夜幕张开无形的手掌抚摸大地，点点星光像是夜空中闪烁着的眼睛，在细细微风中欣欣然眨动着。树叶间摩挲的声响，划出静夜里最美的旋律。在这风光旖旎的时刻，正有一场酒筵在画楼西畔桂堂之东欢腾。晚风拂过精致雕琢过的画境，缕缕桂香洒入席间，欢声笑语里映着宾客们的微醺醉意，整个场景似乎都被蒙上了一层神秘的气息。

诗人忆及曾与佳人参加的聚会，宴席上人们沉浸在隔座送钩、分组射覆的游戏喜悦中，灯光正暖酒正浓，迷离醉眼里闪转着觥筹交错的杯光掠影，一派其乐融融的景象。昨日的欢颜依稀驻足在眼前，今日的宴席或许还在继续，只是再也没有了旧相识人的身影。热闹是他们的，与置身事外的人早已没有了干系。

思绪转移，这一切的景象已然成为梦中过往，更鼓报晓之声已经在催促前行的脚步，即将奔赴仕途的离人被无形的命运之线牵掣着身不由己，曾经相聚在春日里的意中人早已如浮萍般散落在天涯。每每思念的海潮翻涌而来时，都叹恨自己未生彩凤身上的双翅，飞向意中人的身畔相见。不过，诗人并没有沉浸在时空相隔的封闭世界里暗自叹惋，超越于此，他已经深刻地领悟到柏拉图式爱恋的真谛，相知已深，彼此的心意却像灵异的犀牛角一样，息息相通。

身体的拥抱是短暂的，但是心灵的相契是永恒的；"身无"与"心有"，一外一内相和，一悲一喜并相宜，矛盾而巧妙地统一在一体，痛苦中有甜蜜，寂寞中有期待，相思的苦涩与心心相印的欣慰别致地融合在一起，将那种深深相爱而又不能长相厮守的恋人的复杂微妙的心态刻画得细致入微、惟妙惟肖。

相传此诗描摹的是李商隐青年时期在玉阳山修习道术时候邂逅的一段爱情。玉阳山西峰灵都观里随公主入道的女道士宋华阳聪慧美丽婀娜多姿，两人很快双双坠入爱河，离别之际无限慨叹。这段超出常规的爱恋，终因不为清规礼教所容许而无果而终。至于这首荡心动魄的《无题》背后究竟是否真的有这样一段感情做铺垫，后人已经无从知晓。只是无论怎样，诗中的情感是真实的。

这份以个人自我感受为基石而升华了的人类共通情愫，因为开阔的境界和宏观的视野而引得一代代人竞相口耳相传。以"无题"为题，便犹如泰山之巅登封台上的无字之碑，欲刻而未成，其中的各种内涵皆留予后人道也。

叶嘉莹说，诗歌是显意识的活动，词则是隐意识的。李商隐的无题诗在有限的文字里传达着无限的意味，近乎词的情境而具有一种抽象性的想象，在工整的外表格式下抒发的是一种词所擅长的隐约难言的显意识表达。

爱情有千万种，在李商隐的笔下却是这般扑朔迷离又婉转精致。晚唐的风雨飘摇里，李商隐用别样的感觉诠释了真正爱情的含义，爱情成了动荡时世中的一丝温暖的蕴藉。

在玉溪先生的众多佳作中，这首《无题》虽比不上那首家喻户晓的《锦瑟》，但是一句"身无彩凤双飞翼，心有灵犀一点通"已是石破天惊，名垂千古。似喻爱情又超乎爱情，成为后代人心中难以磨灭的挚语箴言。

曾经沧海难为水，除却巫山不是云
——除却你，别人都是将就

离思五首（其四）

元稹

曾经沧海难为水，
除却巫山不是云。
取次花丛懒回顾，
半缘修道半缘君。

　　时间会慢慢沉淀，过往在记忆中渐渐低迷模糊，曾经经历过的爱恨情仇都将随着一江春水浩浩汤汤向西而去。生活还在继续，追求的脚步也将永不止息，但是在前行的道路上，并不意味将曾经的美好化为乌有，而是牢牢地刻在心底，成为心中难以忘却的最美留恋。

　　贞元十八年（802）冬日，冒着凛冽的寒风，元稹再次参加吏部考试。带着上次考试失利带来的挫败感，他暗暗发誓，要在这次的科举之试中崭露头角。次年春日，元稹被任命为秘书省校书郎，正是这一年，二十四岁的元稹与大他八岁的白居易同登书判拔萃科，并入秘书省校书郎，从此开始了他们穷极一生的元白之谊。而与此同时，元稹收获的不仅仅是他的友谊，更有一位重要的女子将要走进他的生命，成为他生命中一抹重要的亮色。

　　元稹本来出身一般，门第不高，及至此次入仕，不仅为他事业上创造了机遇，也为他的爱情打开了一扇窗户，从此谈婚论嫁有了更高的资本。才华横溢风华正茂的元稹越来越多地出现在人们的视野中，他的身影引起了太子少保韦夏卿的注目。论及门第，韦氏官宦所居之位远远高于元稹，当时的元稹不过是初出茅庐名不见经传的青年，尚无功名可言，亦远比不过那些出身高贵手握重权的世家子；可是就是这样纯粹的元稹，凭借着一身才华博得了太子少保的赏识，韦夏卿相信暂时失利的元稹不过是没有遇到报君效国的机会，怀着对这位年轻人内在潜力的自信，甘心将自己最疼爱的小女儿嫁与他。

那一年，韦丛正值青葱年华，初与元稹相识便不胜娇羞。一弯柳眉稳妥地勾出笑靥，明澈的眸子里承载着波澜不惊的海洋。一眼爱怜的凝望，已然让元稹心神荡漾。那一刻，浑身的血液都为一股爱情的力量翻涌。这一场景在多年后依然珍藏在元稹的记忆深处，每每忆及此情此景，往昔的甜蜜美好犹如近在咫尺。

不可否认，门户的悬殊当会让人们不自觉地怀疑这场婚姻中的政治成分，可是当元稹与韦丛结合之后，开始了百般恩爱的琴瑟之好。韦丛之美不仅在于外表，更在于她的端庄贤惠、知书达理。她本是出身富贵之家，却从来不以富贵出身而倨傲不恭、爱慕虚荣，下嫁给元稹后未曾以此抱怨，反而尽心竭力地侍夫爱家，竭尽一位妻子的本分。韦丛嫁与元稹正是丈夫郁郁不得志之时，她总能以博然的心态宽慰左右，陪伴他度过了人生中清贫而快乐的时光。

七年前，她带着满怀的热忱下嫁于元稹，多年来只是用为这个家庭无私付出的方式默默表达着如海洋般深远的爱意，她在身边陪伴的日子悄然流逝，然而转眼间七年之后，已是物是人非。

唐宪宗元和四年（809），拖着疲累的病身，年仅二十七岁的韦丛告别了挚爱的亲人，与世长辞。此时三十一岁的元稹事业稍稍好转，新升任了监察御史的元稹想象着幸福的生活将要拉开序幕，操劳多年的爱妻终于可以暂别劳苦，谁料想，传来的却是韦丛驾鹤西去的噩耗。

万语千言赤子情，任何苍白的言语都无从表达相爱之人被生死分割的痛苦。韦丛营葬之时，元稹因自己身萦监察御史分务东台的事务，竟无法亲自前往，感切至深，便事先写了一篇情词痛切的祭文，托人在韦丛灵前代读之以托相思哀痛之苦。

韦丛下葬那日，细雨蒙蒙，打湿了坟茔上的新草，那嫩绿的生命似乎是她青春的象征。望着周遭熟悉的一切都是经过爱妻之手悉心打点，元稹不禁情不能已，潸然泪下。绵绵深情化作笔下潺潺流淌的文字，承载着他深切的思念和无法释怀的悲伤，这便是由爱妻逝世激发而出的《遣悲怀三首》。

衣裳已施行看尽，针线犹存未忍开。身上长衫密密的针脚似乎还残存着韦丛握过的温度，那些被缝过的针线甚至都不忍心再断开。这般想象对于元稹来说，已经成了自我安慰与疗伤的方式；曾经相处的无数个日日夜夜，尽管互相恩爱却因为物质条件的贫瘠而无法让心爱的人过得更加幸福，如今生活好转，身旁的相伴人却已走远……斯人已逝，空留下"诚知此恨人人有，贫贱夫妻百事哀"的叹惋。

见识过沧海之水的波涛浪涌，再别处的水也难以牵动心弦；陶醉过巫山如梦幻般的云雨之境，再别处的风景难以被称为真正的云雨。纵然后来元稹再娶再恋，却也抵不过对韦丛的这份深情。诚如他所言，在花丛中任意而行，却没有了欣赏花朵的心思，一半是因为自己已经修道，一半是因为心中那个永久的位置永远留与远逝了的心上人。

东边日出西边雨，道是无晴却有晴
——一景两色，一石二鸟

竹枝词二首（其一）

刘禹锡

杨柳青青江水平，
闻郎江上踏歌声。
东边日出西边雨，
道是无晴却有晴。

　　有人说爱情是一场你追我赶的感情游戏，在这样调皮的游戏里，每个人都扮演着奇妙的角色；而其实诗歌如爱情，也是一场有趣的文字游戏，有人深情，有人简单，有人浓丽，有人清新，而在刘禹锡的笔下，却是充分发挥了语言之音与义的巧妙，寥寥几笔描摹表现出男女情爱之间的心动与忸怩。

　　青青杨柳陌上依，无限春光里的杨树柳色新添了几分昂扬向上的生机。放眼望去，江面平波如镜，光影盈盈。春，是感情最丰富的季节，春风撩拨着河岸两畔少男少女的情思。在这清丽的日子里，少年郎嘹亮的歌声伴着微醺的柔风吹入了情窦初开的年轻女子心田。那歌声简直如同施了魔法一般拨动了心弦。这朦胧的感觉像是空气里飘洒的花香，真真切切地感受着却缥缈难寻。

　　她的心中装着一只怦怦乱撞的小鹿，期待着情郎来安抚她的跳动。随之而来的两句话看似与前者毫无干系，却是巧妙地应和了少女心中的疑虑。"东边日出西边雨，道是无晴却有晴。"一面是日出向晴，一面又是霪雨霏霏，说是无晴却也有晴，说是有晴却也无晴，这种朦胧的左右彷徨之感正是初恋爱情的真实写照。此处的"晴"与"情"谐音之意，聪明的姑娘立马就体会到了这隐语背后的"有情""无情"之意，而最终一句"有情"的驻足暗暗表现出表达者的重点在"有"而不在"无"，这种着重不禁让少女之心喜悦起来。

　　喻意春日变化多端的天气来双关爱情，切入得恰到好处。朦胧之爱好似这朦胧的语言，在言有义与言无尽之间徘徊着，独具一种含蓄的优雅。对于表现女子那种含羞不露的内在情感，十分贴切自然。

用谐音双关来表达思想情感，自我国古代诗歌以来就是一种常用的表现手法。在这首《竹枝词》中，又结合了白描写法，以清新活泼、生动流畅的语言渲染了浓厚的民歌气息。读之朗朗上口，意浅情深，难得成为流传至今的佳作。

"竹枝词"原是一种诗体，是由古代巴蜀间的民歌演变过来，在唐代刘禹锡的笔下用得出神入化。从下里巴人到阳春白雪，《竹枝词》在漫长的历史发展过程中，与文人诗歌不断地融合借鉴，渗透了更多社会历史变迁和诗人自己的思想情调。

"竹枝词"的发现，正是在刘禹锡被贬落魄之时，偏远之地的异域文化反而给了他诗歌创作的另类启发，也正是在此时，刘禹锡开始对极具地域特色的"竹枝词"产生了浓厚的兴趣，并致力于研究推广。没承想，南方民歌的盛行反而成就了他别样的诗歌风格，纵游在收集民歌的快乐之中，独创新意的《杨柳枝词》与《竹枝词》化作了唐朝诗歌史上的一抹特殊景色。

这句"东边日出西边雨，道是无晴却有晴"，一石二鸟折射出两种不同的景象。语言之巧智与情感的表达相映成辉，在刘禹锡的笔下，成为不可复制的经典之作。

春心莫共花争发，一寸相思一寸灰
——低成一朵花，开在尘埃里

无题二首（其二）

李商隐

飒飒东风细雨来，芙蓉塘外有轻雷。

金蟾啮锁烧香入，玉虎牵丝汲井回。

贾氏窥帘韩掾少，宓妃留枕魏王才。

春心莫共花争发，一寸相思一寸灰。

　　滴不尽相思血泪抛红豆，开不完春柳春花满画楼，睡不稳纱窗风雨黄昏后，忘不了新愁与旧愁，咽不下玉粒金波噎满喉，瞧不尽镜里花容瘦，展不开的眉头挨不明的更漏，啊……恰便似遮不住的青山隐隐，流不断的绿水悠悠。

　　犹记得曹雪芹在《红楼梦》中提及的这首《红豆词》，每每读之不禁潸然涕下。相思之恨在这位大文学家的笔下变成了可碰可触的真实具象，栩栩如生……

　　相思是文人墨客笔下最为神奇的情绪，这份虚无缥缈的感觉在不同诗人的笔下也呈现出五彩斑斓的姿态。相思的背后是空灵的孤独，这种存在的不安全感让人寄希望于温暖的人与事，它们成了抚慰内心灵魂最美的期待。

　　相思在李白笔下，是"入我相思门，知我相思苦，长相思兮长相忆，短相思兮无穷极"，而到了苏轼那里，却又是"十年生死两茫茫，不思量，自难忘"的怀妻之痛；张先曾以千千结般的丝网喻意漫无边际的思念挚情，晏殊的《玉楼春》将绵绵不尽的相思冲破了天涯地角的有限束缚，一行行文字写入相思传……

　　在李商隐的笔下，相思又化作另一番场景。

　　春光渐浓，窗外的飒飒东风吹来了蒙蒙细雨，吹动着窗外绿叶沙沙作响。在男女相悦传情的芙蓉塘外，来自远方的隐隐轻雷正悄然拂过水面，传入耳畔；新春即景既传达了生命萌动的春天气息，又带有一些凄迷黯淡的色调，烘托出女主人公在春心萌动之后难以名状的迷惘苦闷。

雕琢精致的金蟾门饰紧紧地箍着香炉上的重门，烧香的薄烟袅袅而升，像一只妖娆的精灵在空气中扭动着身姿，一边盘旋片刻而后也穿过缝隙弥漫开来。至于那玉虎轱辘牵引着的吊索探入井中，牵索转动便可将深井中的水汲回。金蟾能烧香，玉虎能汲水，两两相配恰如其分，然而反衬之下自己苦于相思却无法找到与情人相会的机会，这个独特的切入角度让两处相思越发显得意味深长。

眼前之景将人的回忆拉回到历史眼前，一曲"贾氏窥帘韩掾少，宓妃留枕魏王才"的佳话重新映入脑海。晋朝韩寿以才貌俊美而著称，被侍中贾充召为僚属，偶然机会贾充之女在帘后窥见韩寿，一瞥惊鸿，搅动了少女的春心。贾充于是将女儿嫁与韩寿，两相琴瑟结为百年之好。相传魏东阿王曹植曾经欲求娶甄氏为妃，曹操却将她许配给曹丕。甄后被谗死后，曹丕将她的遗物玉带金镂枕交与曹植。后来曹植离京回封国途中宿于洛水边，梦见甄氏前来相会。在他的梦里，甄氏似乎特意为自己预留了床边之枕。

无论是现实的一景一物，还是历史上的一人一情，都深深地感染着诗人的情绪。一句"春心莫共花争发，一寸相思一寸灰"掀起了整首诗歌的最高潮。春潮澎湃的灵魂，似乎要与春花争荣竞发，有人说相思如水般缠绵，可是在李商隐的眼中，每一寸的相思都会像熊熊烈火一般燃烧着记忆，将一缕缕心痛化作寸寸的残灰。这是深锁幽闺渴望爱情的女主人公在相思无望时苦痛的呐喊。一腔随春而生的热情转眼化作幻灭的悲哀与强烈的愤慨，这"一寸相思一寸灰"的直白之语，化抽象为具象，用强烈对照的方式显示了美好理想覆灭时动人心弦的悲剧之美。

　　李商隐写情爱，别有一番味道。从女性入手体察入微的独特视角，更是让后来许多读诗人都误认为这位作者或许是一位敏感而多愁的女子。这一误解反而越发衬托出他超凡脱俗的诗意笔力，让人们对于重解诗歌有了新的视角。

卷七

红尘里·古今情怀各不同

南朝四百八十寺，多少楼台烟雨中
——沧桑历史的遗留

江南春

杜牧

千里莺啼绿映红，
水村山郭酒旗风。
南朝四百八十寺，
多少楼台烟雨中。

单单是"江南"二字已经足够让人浮想联翩，若是再加上那充满诗意的"春"字，江南小城里的盎然生机呼之欲出。不得不说，杜牧是一位出色的诗人，更是一位出色的"画者"，他用最灵动的文字做画笔，斑斑点点，渲染出最美的春日即景，画布上的那一抹留白，是留与读者最自由的想象。

诗一开头，万般景色在寥寥几笔白描中呼啸而过，南国大地被一句"千里莺啼绿映红"轻轻掠过：一马平川的江南大地上，一片片被切割的绿色拼成了辽阔大地，放眼望去，偶尔闪现的几分红韵如同少女面上的娇羞，在满目碧绿的映衬下，点燃了这场背景的狂热。

春日江南犹如被打翻了的调色盘溢染了各色颜料，姹紫嫣红点缀着绿茵的海洋。在美丽的自然风景中，一点村郭酒旗的加入平添了许多人文气息。广袤的领土上，邻傍在溪水边的村落斜倚在斜阳的余晖里，从山的那边坐落着的城郭中散发着袅袅烟气，迎风招展的酒旗送来浓郁的醇香。春风在阳光里起舞，一一望去，迷人的江南，经过诗人生花妙笔的点染，显得更加令人心神荡漾了。

放眼江山，本是一片莺鸟啼鸣、红绿相映、酒旗招展的景象，本应是晴天的景象，然而后两句笔锋一转，千里之内，阴晴不定，这一片又是"南朝四百八十寺，多少楼台烟雨中"的妙景，江南景色的错综复杂，色层分明的立体感跃然纸上。遥想南朝上百座金碧辉煌、屋宇重重的佛寺静默在烟雨之中，似空中楼阁，类人间仙境，仿若给人一种深邃的感觉。

有红绿色彩的交接，有山水的映衬，有村庄与城郭相和，更有动静声色的张力；但若是只描绘出江南春景明朗的一面，似乎是不够丰富的，掩映在烟雨中的佛寺被赋予了一种朦胧迷离的面纱，这江南之美附着了混沌的娇羞感。

在杜牧的这首《江南春》之中，寥寥二十八字，描绘了一幅幅绚丽动人的图景，呈现出一种深邃幽美的意境，激流暗涌的神韵给人以美的享受和启迪。

创下这首小诗时，一方面正值晚唐朝局动荡，将为大厦将倾的唐王朝饱受藩镇割据、宦官专权的混乱侵扰；而另一方面，宪宗当政后，醉心于自己平淮西的一点点成就，一心事佛，专于炼丹修佛，飘飘然地做起了长生不老的春秋之梦，韩愈直言呈递的《谏佛骨表》险些让他丢了性命，宪宗之后的穆宗、敬宗、文宗承袭旧例提倡佛教，新近大量的寺庙拔地而起，越来越多的赋税负担压在人们柔弱的肩上……在这亮丽的江南春景背后，是现实社会中深深的隐忧，这样的背景之下，似乎那浅浅的一句"南朝四百八十寺"也有了更深的历史注解。

《南史·郭祖深传》说："时帝大弘释典，将以易俗，故祖深尤言其事，条以为都下佛寺五百余所，穷极宏丽，僧尼十余万，资产丰沃，所在郡县，不可胜言。"若是这样，杜牧笔下的"四百八十寺"显然是少说了，只是这南朝四百八十寺都已经化成了历史的遗物，糅进江南风景的一部分了，于是审美之中不乏讽刺，诗歌的内涵也更丰富了。短短二十八字的背后，是隐于舌尖的千言万语。

透过杜牧的这首《江南春》，忽想起寇准的另一首以"江南春"为词牌的词：

波渺渺，柳依依。

孤村芳草远，斜日杏花飞。

江南春尽离肠断，苹满汀洲人未归。

　　读罢泪湿两行，比之杜牧之诗已是全然不同的味道。不过细细想来，这首《江南春》从杜牧到寇准，未尝不是一种动态发展的过程，杜牧笔下的春盛之景亦可不成永恒，或许不过几日，春宵散尽，残留的不过是寇准笔下的晚春之叹罢了。

淮水东边旧时月，夜深还过女墙来
——潮水如昔，拍打寂寞的城

金陵五题·石头城

刘禹锡

山围故国周遭在，
潮打空城寂寞回。
淮水东边旧时月，
夜深还过女墙来。

在六朝古都南京的清凉山西麓，自虎踞关龙蟠里石头城门到草场门，逶迤雄峙、石崖耸立的城墙耸立在蓝天白云下，红墙与绿树交相辉映，这全长三千多米的石头城后来就成了南京城的代称。

东汉建安十六年（211）吴国孙权将都城迁至秣陵（今江苏南京），第二年，在石头山上金陵邑原址筑城，取名石头城。扼守长江要塞，为兵家必争之地，有石城虎踞之称。唐代以后伴随着长江水日渐西移，自唐武德八年（625）后，石头城便开始遭到废弃，及至刘禹锡笔下的《石头城》已是一片荒芜寂寞的空城了。

层峦叠嶂的群山之中，故国旧地的场景依然残存，这固定的自然之景与变幻无端的历史之间似乎有着某种奇妙的联系。潮水翻涌着往昔的记忆，一浪又一浪拍打着古城的墙脚，仿佛被它的荒凉所震撼，碰到冰冷的石壁，带着寒心的叹息，而后又寂寞地撤回……见证了各种历史变迁的金陵城，不曾记得那些欢乐笙歌、纸醉金迷的日日夜夜，亦早已褪去了六朝的奢靡与华丽，残留的历史已经化为了灰烬，唯有天边的弯月在淮水之东的江面上熠熠生辉，在这个静谧的深夜，仍旧无情地从城上矮墙的后面升起，照见这残破已久的古城。曾几何时，富贵风流，转眼成空；悲欢离合，俱归乌有。

细细品味，《石头城》一诗在一片历史的哀歌中蕴藏着灵动飘逸的气息，当文字在现实之景与历史想象之间穿梭如鱼，那些群山、江潮与明月代表着恒定的存在，而故国、女墙与空城又象征着历史的变迁，它们之间共同构成的隐形张力，似乎在呼唤着缺席的"人"，那苍茫黝暗的山河空城，空中皎洁的孤月，交替着"昔日繁华"与"今日衰败"的背景。忧伤的冷色块，搅动着苦涩的历史，凝成一声声深沉的感叹，穿透金陵古城四百年漫长的历史变迁。

相传此诗作于唐敬宗宝历二年（826），临近晚唐之时，正是社会动荡风云变化之时，隐隐之中，处于末代的诗人深感历史转折的余震正在渐渐酝酿。虽未能亲历南京，然而这意中虚景与真挚之情杂糅在一起，越发激发了无穷的想象。

这首诗不仅在当时饱受赞誉，成为吟咏金陵的绝世之作；其后无论是《念奴娇》中的"伤心千古，秦淮一片明月"，还是周邦彦《西河》中的"山围故国绕清江，髻鬟对起"，都潜移默化地受着刘禹锡的影响，成为后世咏史怀古的典范。

余秋雨曾在《罗马假日》中说："人称此诗得力于怀古，我说天下怀古诗文多矣，刘禹锡独擅其胜，在于营造了一个空静之境。唯此空静之境，才使怀古的情怀上天入地，没有边界。"细细品读诗歌背后的世界，是无比宏阔的时空观感。

东风不与周郎便，铜雀春深锁二乔
——消失的光年

赤壁
杜牧

折戟沉沙铁未销，
自将磨洗认前朝。
东风不与周郎便，
铜雀春深锁二乔。

　　在低山丘陵与江汉平原的交界地带，壁立如刀的山峦目送滔滔江水一路向东，层林尽染晕开一片盎然绿意。树黄了又绿，花谢了又开，落叶在秋冬化作泥土滋润着来年春色。万古长青的赤壁之景屹立在湖北省东南部见证着无尽的历史沧桑。在这山川灵秀之地，英雄辈出，从明代"后五子"之一的魏裳，到海岳游人张开东，到追随孙中山革命的黄昌谷，再到近代教育家马君武……有无数杰出人才的名字在史册上熠熠生辉。然而真正让人铭记这个地方的，还是那一段有关"赤壁之战"的故事。

　　崇山峻岭之中烽火四起，汉献帝建安十三年（208）在长江赤壁，孙权与刘备的联军溯江而上路遇曹军，遇于赤壁。一时间，战局紧张旗鼓相当，孙刘联军人寡势弱，危在旦夕。不敢想若是曹操的浩浩大军奋起而攻，等待孙刘之军的将是怎样一场血雨腥风的洗礼。

　　就在这千钧一发的历史时刻，大将周瑜与黄盖之间的一场"双簧戏"扭转了时局命运。当时南方的水战对于北方的将士构成了极大的挑战，为了减弱风浪颠簸，曹操一纸令下，将战船相连，待机攻战。这样的战术反而给对方带来了战术上的灵感，原本是战役中的弱势一方，孙刘联军巧妙应战，借着曹操连环船的弱点，黄盖佯装投降带着满载着燃草的船只投向了曹军阵营。借着东风，一场热火烈焰翻滚着浓烟烧红了半边天，当熊熊大火弥漫到曹军船阵，悲号哀鸣的火海里注定写下了曹军的败局。

　　激战过后，一片狼藉满地，横卧在江面上的残盔败甲宣告了这场战役的结局。孙权与刘备的联合大败曹操军队，攻占下武陵、长沙、桂阳、零陵四郡，书写了古代战争史上以寡敌众的佳话，三国鼎立之势豁然形成。

在赤壁这个曾经著名的古战场，滚滚硝烟已经湮没在历史的尘埃中。

六百年过去了，曾经激烈的战时成败在史册上化成永恒，而如今，当诗人杜牧重新踏上这片旧土，因赤壁大战遗留的一块碎片忽而将回忆拉回古战场前的刀光剑影，一张赤壁大战的战图在脑海中徐徐展开……纵然这折戟的铭文早已因沙石磨砺水流冲蚀而漫漶不清了，然而或许这折戟恰是曹操当年"横槊赋诗"的那个碎片。自三国至今，多少沧桑旧事恍若不腐流水，推动着命运车轮滚滚前行。如今，一切都归于平静，这片历史的碎片成了唯一的见证。

一支折断了的铁戟不禁引发了诗人"怀古之幽情"，想到那次意义重大的战役，想到那一次生死搏斗中的历史人物……回眸往昔，杜牧忍不住思忖着每一个重大历史时刻背后的偶然契机。孙刘联军之所以能在这场大战中斩获胜利，离不开天时地利人和各方面的配合。在那决战的时刻，强劲的东风亦是促成了这场战争胜利的关键。杜牧忍不住从反面落笔，若是这次东风不给周郎以方便，那么历史的结局是否又会是另一番景象？假想曹军胜利，那么大乔与小乔便可能落得含恨被锁铜雀台的下场了。

杜牧之思别具一格，在他的笔下，被缅怀的历史永远处于偶然性与必然性的交接之间，每一次的历史转折之中，都有一种潜在的命运力量悄然控制，最终将历史导向未名的方向。杜牧之写史论，除了展现其独特的视角，更是曲折反映出积郁内心的抑郁不平之气。自认为身怀经邦济世之才，对当时中央与藩镇、汉族与吐蕃的斗争形势有着独特而细致的了解，不承想，向朝廷所提出的有效建议却化作云烟成空，历史上英雄成名的际遇，在自己身上却没有重演，隐隐地，还有一声生不逢时、恨无东风相助的叹惋。

历史还未走远，故事依然常新，当如今的人们再次审视杜牧的这首《赤壁》，正如当年站在赤壁旧址上的杜牧审视前任历史，剥开层层的面纱，仿佛看到了历史如万花筒般的绚烂多姿。

商女不知亡国恨，隔江犹唱后庭花
——浩渺寒江上的淫靡之曲

泊秦淮

杜牧

烟笼寒水月笼沙，
夜泊秦淮近酒家。
商女不知亡国恨，
隔江犹唱后庭花。

二十三岁那年，他便写下了名震千古的《阿房宫赋》，一句"灭六国者六国也，非秦也；族秦者秦也，非天下也"为这段历史增添了新的注脚；在其后的一篇篇诗作里，杜牧越发张扬出独特的艺术才华，无论是《过华清宫》里的"一骑红尘妃子笑，无人知是荔枝来"，还是《江南春》里的"南朝四百八十寺，多少楼台烟雨中"，都显示出他敏锐的历史视角和深刻的现实反思，这一首《泊秦淮》更是令人惊叹不已。

同是畅游秦淮人家，有人心生落寞，慨叹"风流不见秦淮海，寂寞人间五百年"（王士禛《高邮雨泊》）；有人沉醉在秦淮海的景色里感叹不已，"淮海修真遗丽华，它言道是我言差"（唐寅《秦淮海图》）……在浩如烟海般的描写秦淮之景的诗作中，却独有杜牧的这一篇脱颖而出，成为人们口耳相传、名垂千古的惊人之作。

那年畅游秦淮旧地，秦淮之水穿过城郭和村巷，在这迷蒙夜色中被淡淡的烟雾之气笼罩着，银色的月光倾洒在小舟和白沙之上，整个画面都渗透着朦胧美。如今，闲游至此的诗人将轻舟停泊在秦淮河岸边，岸边酒旗林立，淡淡的酒香穿过微风在嗅觉里逗留。秦淮之境在杜牧笔下，恍若一幅精致雕琢的工笔画。

风光虽美，却也抵挡不住历史无情。此时，盛唐已经奄奄一息，一面是藩镇拥兵自立，一面是纷飞的边塞战火下民不聊生，帝王昏庸的治国之道只是进一步加剧现实的残酷。处于危机四伏中的唐王朝如强弩之末，昏昏休矣。

一句承前启后的"近酒家",似乎开启了诗人思想的闸门,记忆之水便汩汩而出,滔滔不绝。此情此境,这六朝旧址触发了作者的沉思,倏尔一曲《后庭花》从江岸对面传进诗人的耳畔。《后庭花》据说是南朝荒淫误国的陈后主所制的乐曲,歌声哀婉凄切,南朝后主创作此歌后不久便落得家破国亡的下场,于是此曲变成了亡国之音的象征。旧曲新唱,如今女伶在这衰世之年,不以国事为怀,如此自由自在无忧无虑地歌唱,反用这亡国之音来寻欢作乐,全然不顾历史上南朝后主亡国的伤心事。

这一声"商女不知亡国恨"的慨叹,表面上是在埋怨歌伎不谙世事的无知,实际上表达着对于唐朝当下统治的深深不满。这靡靡之音在南唐后主那里,是奢侈萎靡生活的象征。当年隋兵陈师江北,一江之隔的南朝小朝廷瑟瑟而缩,危在旦夕,不承想后主依然沉迷于犬马声色。帝王不思朝政,群臣沉湎于酒色,视国政为儿戏,最终丢了江山。而如今在晚唐混乱的政局里,南朝亡国的历史因素似乎正在重新上演,前事已忘后事之师,晚唐似乎要步前朝悲剧的后尘。

这一曲旷世悲歌,穿越了几个朝代的兴亡荣辱,将渺远的南朝与当下勾连。这"犹唱"二字,微妙而自然地把历史、现实与想象中的未来串成一线,意味深长。"商女不知亡国恨,隔江犹唱后庭花",于委婉的风调之中显示出犀利辛辣的讽刺、深沉的慨叹和无限的悲痛,堪称"旷世绝唱"。一方面是知识分子对国事怀抱的深深隐忧,另一方面则是歌舞升平的假象中国家衰败的现实写照。腐朽而空虚的灵魂弥漫在《后庭花》的悲鸣之中……

人世几回伤往事，山形依旧枕寒流
　　——西塞山怀古

西塞山怀古

刘禹锡

王濬楼船下益州，金陵王气黯然收。

千寻铁锁沉江底，一片降幡出石头。

人世几回伤往事，山形依旧枕寒流。

今逢四海为家日，故垒萧萧芦荻秋。

今湖北大冶东面的长江边，穆然静立着一座俊险秀丽的山峰，桃花洞里的铁桩上相传是吴主孙皓铁锁横江的遗笔，摩崖石刻上"西塞山"三个大字渐渐被岁月褪去了痕迹，西塞山东边的明朝牡丹依然寄寓着那个美丽的爱情传说，亭阁林立，绿荫成群，远处的群山层峦叠嶂，绵延到历史记忆的深处。

这风光秀丽的西塞山，不仅是当下的旅游胜地，在历史上更以其处于吴头楚尾的独特地理位置和险峻的地形集古战场和风景名胜于一身。自古至今，见证着无数的腥风血雨的战争洗礼，也铭记着无数文人墨客的骚词歌赋。

唐朝张志和在《渔歌子》中吟咏道："西塞山前白鹭飞，桃花流水鳜鱼肥。青箬笠，绿蓑衣，斜风细雨不须归。"《渔歌子》在这桃花绿意中再现了古时的自然风采。江南水乡春汛捕鱼，鲜明的山光水色里若隐若现着渔翁之影，这一幅诗一般的山水画恍若桃源梦境。

及至刘禹锡的笔下，这西塞山之景已然大不相同，少了张志和笔下的悠然闲适，却多增了几分厚重的历史感。

唐长庆四年（824），原为夔州（今重庆奉节）刺史的刘禹锡奉命东调，沿着滚滚长江顺游而下，前往和州（今安徽和县）赴任刺史之职。其间途经湖北，暂驻西塞山之时，望着茫茫山景慨叹万千，联想时局，抚今追昔，忍不住将一腔沉思化作这首感叹历史兴亡之诗。

西晋咸宁五年（279），为了完成统一大业，满怀雄心的司马炎率领一众铁蹄踏上了吴国的土地，从东面的滁州到西面的益州，数路大军组成的辽阔战线像一条长龙一般，踏着飞扬尘土向东吴大地长驱直入。当时被封为龙骧将军的王濬，正暂驻益州制作战阵所需要的船只，为即将到来的大战做着最后的准备。当浩浩荡荡的大军乘船东下，伴随而来的便是金陵城池被攻破的消息，曾经的泱泱大国气数殆尽，吴主孙皓的投降正式宣告了东吴的灭亡。

再回忆起这场历时五个多月的大战役，其间的各种周折与细节都被模糊了，在刘禹锡笔下只截取了其中的始与末，从王濬发兵到吴国灭亡，寥寥几笔便集中概括了历史发展的全部过程。哪怕困兽再做最后的挣扎，孙皓的腐败政权早已是苟延残喘不堪一击，遇上足智多谋英勇善战的王濬，一切的拼死抵抗都化作虚无。当王濬大军如决堤之水般向东吴大地呼啸而来，金陵政权的覆灭早已成为命运注定，于是这黯然凄惨，也有了某种必然的意义。

当时的东吴，并非人寡物穷，亦并非将少兵弱，只是仰仗着优渥的自然条件而不自知，空空地让不修内政、荒淫误国的吴主孙皓白白浪费，最后落得"铁锁沉""降幡出"的下场。这人为的悲剧背后更显示出深刻的历史教训。

"人世几回伤往事，山形依旧枕寒流"这两句诗是诗人睹景触情沉思之后的慨叹。遥望着依然巍峨耸立的西塞山，绿意一年旧时一年新，而脚下滚滚东流的长江水如同永不止步的时间一般化成了永恒。物是人非，无语凝噎，这些世间的人事沧桑似乎与它们全然无关。一句"往事"涵盖的早已不仅仅是东吴覆灭之事，而是在历史上一遍又一遍重演的兴亡荣辱，东吴之后在金陵相继建都的东晋、宋、齐、梁与陈等朝代，纷纷踏着前人的脚步重蹈覆辙，历史于是从某种意义上变作了轮回，那些不肯接受历史教训而自省的人，最终只能成为新的牺牲品而已。

当时的唐朝经历了安史之乱的颠簸，气数大不如从前，藩镇割据朝局动荡，整个国家如同狂风暴雨中飘摇的小舟，再难以寻得一片安宁的港湾。纵然此后唐朝曾取得了几次藩镇割据的胜利，然而这昙花一现之景很快被更加严酷的现实所湮没，当时包括刘禹锡在内的一批人才试图改革时弊力挽狂澜来拯救即将奄奄一息的唐王朝，然而积疾久矣，无力回天。参与到政治革新集团中的一大批人最终也屡遭迫害与打击。历史与人生的悲剧触发了诗人内心柔软的琴弦，让他忍不住慨叹"今逢四海为家日，故垒萧萧芦荻秋"。杜牧曾在《阿房宫赋》中点出的至理名言"后人哀之而不鉴之，亦使后人而复哀后人也"似乎将要在当朝现实中重演，等待唐王朝的又将是怎样的结局？

西塞山的这次怀古，穿梭在古今家国的横纵线上。当此时的刘禹锡站在西塞山顶，在一片摇曳着的秋风芦荻中伤心喟叹前朝的故垒遗迹，不知后世是否亦有人将会在同处悲叹唐朝的命运……

旧时王谢堂前燕，飞入寻常百姓家
——繁华不再的乌衣巷

乌衣巷

刘禹锡

朱雀桥边野草花，

乌衣巷口夕阳斜。

旧时王谢堂前燕，

飞入寻常百姓家。

　　在秦淮河之南的金陵城内，朱雀桥原是东晋时期建在秦淮河上的一座浮桥，经过岁月的洗礼，朱雀桥的踪迹难再寻觅，只是这首《乌衣巷》却经久不衰，历久弥新，在一代代人的口中诵唱。

　　随着传说的脚步回溯往昔，曾经的乌衣巷是三国时期吴国驻守石头城的部队营房所在地，驻于此地的禁军都身穿黑色军服，乌衣巷之名由此而来。朝代更迭，风云辗转，及至东晋时期，王导与谢安两大家族在此地定居，一时间车水马龙，往来宾客熙熙攘攘，绫罗绸缎与珠光宝气交相辉映，微醺酒气中弥漫着金陵春色，冠盖簪缨，皆为六朝巨室。于是这些在乌衣巷生活的王谢两大家族，其子弟多被人们称为"乌衣郎"。

　　岁月荏苒，当刘禹锡再次踏上这乌衣巷，东晋旧时的繁荣场景早已被时光无情地碾轧磨碎。夕阳的余晖静若处子，柔柔地沿着巷口徘徊；微醺的日光泛着被时光发酵的晕黄，与巷口处的断壁残垣形成了不谋而合的呼应。朱雀桥边杂草丛生，偶然在其中若隐若现的几朵野花算作凄凉之中的些许慰藉。曾经精雕细琢的生活场景已经被粗糙残酷的现实改写，及至唐朝时候，那些商贾巨户纷纷衰落得不知出向何处。

　　细细思忖，朱雀桥是横跨在南京秦淮河上通往乌衣巷的必经之地，而穿河南岸的乌衣巷，不仅在地理位置上与朱雀桥相邻，在历史渊源上也有千丝万缕的联系，它们曾经共同见证着旧时名门望族们如何聚居于此，当年六朝如何周折更迭。这朱雀桥与乌衣巷偶对天成，冥冥之中成了往昔繁荣之景的象征，可是如今，再形容起这些曾经的盛地，却只能附着上"野草花""夕阳斜"这般的字眼，春景之中见秋色，无一字直写悲意，却是满目的寂寥暮景无限凄凉。

经过这一系列环境的渲染烘托，自然到了要将感情进一步升华的契机。最为别致的是，作者并没有归于庸常采取过于浅露的写法，若是仅仅像别人那般写出"无处可寻王谢宅，落花啼鸟秣陵春"（无名氏）、"乌衣巷在何人住，回首令人忆谢家"（孙元宴《咏乌衣巷》）这样的诗句，《乌衣巷》一诗是不可能名垂千古。诗人转笔采用了独特的细微视角切入，出人意料地将笔触转向了乌衣巷上空的飞燕踪影，让人随着燕子飞行方向的变异，越发感受到这种盛衰更易背后的无名忧伤。用这侧面的描写，表达出灵动的审美体验和别致的感受视角。顺口而下，语言浅显易懂，却深藏着一种蕴藉含蓄之美，使之读起来让人余味无穷。

沧海桑田，人生多变。荣枯兴衰之事本就非人本身所能控制，旧时风景依旧，而现实却已经变得残缺不全、七零八乱。在这种人与事的无穷变迁中，每一个人似乎不过是巨大车轮上的一个零件而已，顺着时代的滚滚车轮辉煌而后湮没，就算再如何顺着无情的命运之水挣扎溯游，却也改写不了最终的结局。

于是从这首《乌衣巷》的变迁中，在悲戚之外忽而品出些深沉的味道来……

卷八

山水间·明朝散发弄扁舟

故人具鸡黍，邀我至田家
——盛情难却的乡情

过故人庄

孟浩然

故人具鸡黍，邀我至田家。

绿树村边合，青山郭外斜。

开轩面场圃，把酒话桑麻。

待到重阳日，还来就菊花。

在盛唐的山水田园诗派中，遥遥的有一盏明星在苍穹中闪耀，他不似王维那般哲理深邃，不似韦应物那般高雅闲淡，却能从朴实无华的生命常态中窥视出不一样的壮逸清远。但凡是提到盛唐的山水田园诗，不得不联想到的便是唐代第一个倾力于写作山水诗的诗人孟浩然。

仁者乐山，智者乐水。将心头的千思万绪寄情于山水之间常常是古代诗人惯用的抒发情感之法。自陈郡阳夏人士谢灵运开创并确立了中国山水诗派的审美典范之初后，历代的诗人越来越注重观照山水之于人抒发表达情感的重要意义，在这人与自然的情感交涉中碰撞出灿烂的火花。

及至孟浩然的这首《过故人庄》，已然完全褪去了自然与人之间的隔阂，将这山水田园与情感流动巧妙地结合在一起。于纯真中见不凡，于平实之中见高远。

秋日的狂欢伴随着丰收的喜悦，栖居乡野的孟浩然受邀前往拜访老朋友的田庄。鸡肉与稻谷的香气穿过风浪，远远地便向还未进门的客人致意。正是这种不拘小节不事虚张的待客方式，可见特有的田家风味，亦可窥视乡朋旧友之间随意交往中的深挚情谊。其后的"开轩面场圃，把酒话桑麻"一语也便不那么生硬突兀了。

乡野中的农舍虽然简陋而粗糙，可是在周边无限风光的装饰下，恍若一片不受世外打扰的桃花源。村落周围被一排排的绿树拢合着，那绿色犹如被清水澄洗过一般，脆嫩脆嫩的，散发着盎然生机。放眼转向村子的城墙外，绵绵不断的青山亲密地贴在一起，脸对着脸细细耳语。

在这浓郁的绿意映衬之下，屋里的人似乎也被感染，打开窗户面对着菜圃和谷场，看风滑过菜畦在谷场上歌唱，闻着阳光烘焙下新鲜的稻香，以至于久别未见的诗人与老友忍不住频频举杯窗边畅饮，就着醇香的酒气大家相聚在一起，谈论着今年秋收的光景。几杯酒下肚，杯盘尽是一片狼藉，短暂的聚会即将结束，遥想着不久之后，等到九月初九重阳佳节日到来的时候，诗人还要再来和友人畅言欢饮，边欣赏着秋日盛开的娇艳菊花边一起品尝独具特色的菊花美酒。此刻许下的美好约定成了下次聚会的开端，满兴而归的欢愉之情流露于字里行间。

并没有惊心动魄的场景，亦不见感人肺腑的挚语，全然是孟浩然去朋友家做客的过程描摹，恬静闲适的农家生活情景在自然流畅的叙事与平淡无奇的语调中娓娓道来，如同一杯无滋无味却清冽入肺的白开水，将简单生活背后的丰腴想象展现出来。自始至终，全诗不见雕琢渲染之痕迹，却在醇厚的诗意与真挚的情感中彰显着"清水出芙蓉，天然去雕饰"的审美趣味，不愧为唐代以来田园诗歌中的难得佳作。

老友之间的欢颜笑语，似乎依然萦绕在耳畔。村舍、田圃、青山、绿树……自然之景与桑麻之语、故人之情融为一体，构成了一幅和谐宁谧的田园风景图，比起陶渊明笔下纯然幻想转瞬即逝的桃花源，这里似乎更富有盛唐社会的真实气息。在这样一片天地中，这位曾经感慨过"当路谁相假，知音世所稀"的诗人，似乎暂时将政治仕途中的坎坷与不快抛于脑后，更将人世间的功利得失弃之不顾，他的思绪在这恬淡的隐居生活中变得无比自由与放松。在平静的生活中，孟浩然仿佛寻得了某种灵魂的皈依……

借问酒家何处有？牧童遥指杏花村
——红杏盛开的惊艳

清明
杜牧

清明时节雨纷纷，
路上行人欲断魂。
借问酒家何处有？
牧童遥指杏花村。

　　春意阑珊，一场暮雨洗涤尽最后一抹春色，带走了春日里花的娇羞和叶的嫩绿。蓬勃的夏日渐渐丰腴起来，一点点吞噬掉最后的暮春时光，绿意变浓，阳光变烈，日子似乎一步跨过了清明节，变得热闹起来。

　　在这仲春与暮春之交的时光中，清明节成了人们踏青赏春的最美契机。清明，最早并非庆祝的节日，只不过是一种节气的名称而已，其后演变成纪念先辈的节日，相传与寒食节有关。这样一个中国的传统节日似乎也被寄予了具有古典意义的文化内涵韵味。

　　相传春秋战国时期，晋献公的妃子骊姬为了将自己的亲子奚齐推上继任宝座，残忍地暗下毒手，将另外两子赶尽杀绝。重耳为了躲避迫害，开始了漫漫流亡之路。就在流亡期间，饱受各种屈辱艰辛的重耳目睹了人情冷暖世态炎凉。身边的人经历了一场场危机的涤荡越来越少，最终留下只有少数忠心耿耿的大臣，介子推便是其中之一。当饥饿如同猛兽一般蚕食着他的生命，忠臣介子推为了救重耳，竟然从自己的大腿上割下肉来给送给重耳渡过难关。然而后来封功加爵之时介子推之名却被重耳遗忘脑后，亟待想起，传来的已是介子推与老母命丧绵山的消息。斯人已逝，唯有血书相留，那一句"割肉奉君尽丹心，但愿主公常清明"永远地载入了史册。为了纪念这位忠臣，这一日便被定为寒食之日，寓意整日禁忌开火以缅怀逝者，于是清明之意由此而来。

　　而在众多的书写清明的诗作中，杜牧的这首《清明》传诵最是广泛。每逢清明时节，如约而至的绵绵春雨如同垂下的幕帘萦绕眼前。这雨来得急，来得畅快，不似"天街小雨润如酥"那般的细腻温婉，也不似"白雨跳珠乱入船"这般暴躁激烈，这清明的"雨纷纷"之景象是应着这时节的寓意而生似的，在春的盎然生机中，让人感到一种淡淡的哀伤与肃穆，传达着那种"做冷欺花，将烟困柳"的美丽凄婉之境。

雨犹如此，更何况是路上的行者。细雨纷飞，春衫尽湿，平添的难言愁绪在"欲断魂"三字中层层晕染开来。佳节孤行，本是心绪难宁，而在这纷纷洒洒的雨丝风片中又心事满腹，难免让人感到加倍的凄迷纷乱。豁然之间，"纷纷"二字在形容春雨之余似乎又多了一层含义，愁绪的千丝万缕不正如这细雨一般纷纷洒洒难以理顺吗？

此情此景触动了内心深处的柔软琴弦，在这清明春雨中，行人忍不住止住了脚步，想要寻得一处酒家暂时落脚。三两杯热酒下肚，解一解料峭中人的春寒。既是躲避前路的纷纷细雨，又似梳理内心的绵绵愁绪。问路的过程已然被诗人隐去了，一句"牧童遥指杏花村"足以给我们留下丰富的想象空间。牧童指尖方向的那个杏花村落，似乎近在眼前又似乎远不可见，不言而喻，在美丽的杏花深处的村落里，有一家小小的酒店正在风雨中静候着行客的到来。言有尽而意无穷，后来的故事在短短的二十八字之外上演开来。

《江南通志》曾载，这首诗是作于杜牧时任池州刺史之时，路遇有名的杏花村暂驻饮酒，清明的纷纷细雨勾起了诗人的无边愁绪，于是这首《清明》便有了历史与人文的双重关怀。

这首《清明》通俗易懂自然流畅，在简洁浅白的话语中却留有无尽的韵味。这亦正是杜牧的高超之处，用最简洁的话语传达最丰富的感情，这深邃的凝望是生活与诗意的化身。

潭清疑水浅，荷动知鱼散
——春光倒影里的温婉情谊

钓鱼湾
储光羲

垂钓绿湾春，春深杏花乱。
潭清疑水浅，荷动知鱼散。
日暮待情人，维舟绿杨岸。

春色迟暮，碧绿的清潭中掩映着一个垂钓者的身影，那影子在水面上彷徨而又焦灼，顾不上一行行春色在脚边悄然而逝。

手中钓竿晃动，在水面上搅动出阵阵涟漪。醉翁之意不在酒，很显然，垂钓者的心思并不在钓鱼的乐趣上。春深不知归处，只寻得绿荫中几树杏花杂乱地挂满枝头，不胜繁丽。树上繁花，恰如春天里盛开的朦胧爱情，让干涸的心灵心神荡漾。这位青年小伙子借着浓密暮色的掩映，驾着一叶扁舟，来到了钓鱼湾。船缆轻系在杨树桩上佯装垂钓，而实则内心澎湃着的是静候情人归来的渴望。无论怎样地摆弄钓竿，怎样地故作镇静，内心的焦虑忐忑却欲盖弥彰。

俯首碧潭，清冽的潭水一眼便可望到底，垂钓青年忍不住疑心这样薄浅的水是否能够留得住鱼儿，蓦然觉察水面荷叶轻晃，才得知水中鱼儿受惊而乱窜，四散开来……这样的担忧从另一个角度也是在暗示着青年小伙儿担心路程多阻，久等未至，让垂钓者不禁胡思乱想，想象着意中人路遇意外而不能赴约。而莲动鱼散之景又让人在黑暗失落中重拾了希望，恍惚之间误以为是期待已久的"莲动下渔舟"，谁知待定仔细观瞧，才发现是水底鱼散，心头又是不免一沉，黯然失意的怅惘之情爬满脸上。

心中挤满了忧郁，日暮将歇，春也散尽，青年小伙儿感到有一种难以名状的感觉轻轻陨落。那岸边的杨柳依然摇曳，不知是笑他痴情，还是怜他感伤……在等待自己的意中人时经历的这一番情绪起伏——从担心惊悸到忽生憧憬希望而后又随之覆灭——可谓是惟妙惟肖，将人之心理与景之变动巧妙地结合起来。

这首以地名"钓鱼湾"为题目的诗歌，将整首诗的大半笔墨都侧重在春末夏初之时风景的独立塑造，而在最末的两句"日暮待情人，维舟绿杨岸"则颇有画龙点睛之感，也为前面四句的景色书写赋予了崭新的深意。语意骤然中断，漫无着落之际，忽而以这样的诗句作结，极尽山回路转、云谲雾诡、腾挪闪躲之感。原本普通的垂钓之含义也变成了一种含情的象征，被赋予了更为丰富的情感周折。

那诗歌背后的故事一直在继续，文字在我们的脑海中诉说着未言的遐想。一位身着青衫的美丽女子拨开层层荷叶，拨动着水里细纹，缓缓地向着钓鱼湾走来。似懂未懂的湾水也乱了分寸似的，柔柔地皱起一阵涟漪，就连这垂暮的春光都不禁在少女面前娇羞了。

古时自屈原始，便有将爱情中的男女双方比喻成君主象征的先例。当因仕途失意而隐居终南山的储光羲创下这首《钓鱼湾》之时，亦有许多关于他人生际遇的猜想渗透其中。这情郎静候女子的心态似乎被赋予了被弃贤良渴求重新得到君主的赏识之意。就如同期盼女子到来的青年一般，他满怀着期待与不安，勾勒着有一日当世明君真的能够礼贤下士，发现偏隐于此之人想要为国效力的壮志。缜密观察下的生动生活情趣之外，亦悄然滋生着诗人积极入世的现世情怀。

爱情之意是储光羲最想直接表达的表面之意，后代人对它的深度解读反而表现出一种新的视角。这种阐释是否切合诗人本意已经无从判断，只是从读者的角度来，忍不住想要窥视作者神秘的内心世界。

言已尽，而袅袅余情未了。在那浓郁的春光中，在那夕阳的余晖里，绿柳依依，扁舟轻扬，穿越那诗歌中的文字与想象，似乎依然看见那位在潭水边等候意中人的男子，眺望着远方的理想，时而低头摆弄着钓竿，时而深情地凝望着水面上被微风惊起的粼粼波光。那似乎是一幅永恒的图画，定格在记忆中最具美感的镜头，将要永远地铭记在脑海中。

　　垂钓之中的人生与爱情，若是细细咀嚼品味，便可在这看似不相关的景与人之中找到某种哲理的契合点，百味丛生。

两岸猿声啼不住，轻舟已过万重山
——收拾心情，信步而行

早发白帝城

李白

朝辞白帝彩云间，

千里江陵一日还。

两岸猿声啼不住，

轻舟已过万重山。

　　彩云缭绕的白帝山上绿树成荫，森林里到处充溢着青涩的泥土味儿。这浓密的绿意忽而可见一座城池的倩影，自山下江中仰视，白帝城似乎含着凌云壮志耸入云间。

　　坐落于长江三峡瞿塘峡口的白帝城因地势的险要而成为历代兵家的必争之地，悠久的文化内涵渗透着无数文人墨客的笔墨。从李白、杜甫、白居易、刘禹锡到苏轼、陆游、范成大、王士禛……他们的生存足迹在笔下化作美丽的诗篇，也让"白帝城"由此得到了"诗城"的美誉。在众多的有关白帝城的诗篇中，李白的这首《早发白帝城》尤为璀璨，寥寥几语朗朗上口简洁清脆，却让读诗之人从中感受到如音乐般美好的生存体验。

　　郦道元曾在《三峡》中有云："自三峡七百里中，两岸连山，略无阙处。重岩叠嶂，隐天蔽日，自非亭午夜分，不见曦月。至于夏水襄陵，沿溯阻绝。或王命急宣，有时朝发白帝，暮到江陵，其间千二百时里，虽乘奔御风，不以疾也。"沿着长江干流一路向东，水船犹如离弦之箭朝发暮至。回望曾经在彩云间的白帝城，以往的种种恍如隔世。白帝城处于高处，而所到之地已近下游，这一有利的地势落差自然便于航船的飞驰，行期也大大缩短了。

　　于是在朝霞耀目的清晨从白帝城出发，沿途两侧止不住的猿声嘶鸣，伴着滚滚波浪向后而逝。如烟往事一幕幕在诗人的脑海中闪现……

　　唐肃宗乾元二年（759）春天，安史之乱搅动了国家的政局，当时的皇帝唐玄宗情急之下被迫逃亡蜀地，匆匆忙忙将帝位承袭给儿子李亨（亦即后来的唐肃宗）。然而不久之后，唐肃宗的弟弟永王李璘发兵南下，一场关乎皇位的兵戈相争犹如弦上之箭一触即发。当时避乱隐居庐山的李白并不知晓统治阶级内部的权位较量，出于报国的热情便加入了永王的幕府，想要借一身才智为国效力。公元 758 年，永王李璘的谋权策略惨遭镇压，终以失败而告终。于是身在幕府中为之效力的李白亦受到了牵连，被一纸诏书打入浔阳（今江西九江市）图圄，随之而来流放至夜郎（今贵州桐梓一带）的审判"轰"的一声宣告了李白政治生涯的结束。

不见刀光剑影，却被这无形的血雨腥风鞭打得遍体鳞伤。曾经怀着一腔济世之志的李白在这样莫名的打击之后感到无比的委屈和悲伤。在无数的诗歌中，记录了这段被贬过程中的心绪动态。

沿长江溯游而上前往夜郎，内心的惆怅让他无暇顾及沿途两岸的景色。当行船抵达巫山之时，突如其来得到赦免的消息又倏尔改写了命运的航向。从原本失落的万丈深渊忽然重新回到了山峰之巅，这样的转变让李白欣喜若狂。顺流而下的快乐随即湮没了曾经的忧愁，从白帝城即刻乘舟赶回江陵，诗人内心期盼着时间加快脚步，一日之间便可抵达江陵的怀抱。于是沿途的啼声入耳，美景入目，无比的欢欣洋溢在诗歌的字里行间。

在李白笔下，白帝城似乎成了他命运转折的关键点，是他扭转人生历史的幸运之地。长江一泻千里的气势，恰恰流露着诗人急切盼归的心情。因为心情的愉悦，两岸的猿鸣哀啼在诗人听来也不是那样凄切苍凉了，反而某种程度上成了这如离弦之箭般行舟的衬托。小船从崇山峻岭中穿梭而过，顺流之下直奔江陵之景，隐隐蕴含着刚刚从政治劫难中逃离出来的诗人喜悦放松的心情。从白帝城到江陵朝发暮至，不知不觉间，已是"轻舟已过万重山"。正是在这种积极快乐的情绪感染下，现实的时间和生活节奏也被人为加快，周遭的一切都充满了奋发向上的前行动力。

这《早发白帝城》中的峰回路转之意，是诗人经过艰难岁月后，命运突转而迸发的一种激情，这样的激情让诗人重新捡拾起生活的乐观与自信，昂首信步继续前行。

明月松间照，清泉石上流
——白云之间清淡的眼

山居秋暝

王维

空山新雨后，天气晚来秋。

明月松间照，清泉石上流。

竹喧归浣女，莲动下渔舟。

随意春芳歇，王孙自可留。

辋川别墅门扉洞开，徐徐清风穿门而入。流水淙淙，青草幽幽，乡野田园的秋色带着些许凉意，在微醺的暮色下越发显得神秘。一位老者盘腿打坐，他的身后恍然一个大大的佛字，眉宇之间见风雅，微闭的双眸似乎一睁开就准备喷射耀目的火焰，而他的周围似乎被一股无形而强大的力量隔绝了尘世的纷扰，耳边隐隐约约的嘈乱杂音都蓦然融入了他静寂的生命。

刘安曾在《楚辞·招隐士》中言道："王孙兮归来，山中兮不可以久留。"可是在诗佛王维的笔下，王孙恰是留于山中。

想当年因伶人舞狮王维莫名受累被贬为济州司马参军，后迁监察御史不久便奉命出使大漠，担任凉州河西节度幕判官。时局动荡，安史之乱殃及于身，为生活所迫自己又不得不出任伪职，而战乱平息后这段历史却又成为人生灾难的藉由，王维因此锒铛入狱。生活正处低谷之际，胞弟王缙因平反战乱有功而抵消兄长之过，于是王维由此得到宽宥，被降职为太子中允后终为尚书右丞。

在人生的航船上几经颠簸辗转，时而被推向风口浪尖，时而又遭受着淹没沉底的凶险，这样的人生磨炼对寄信仰于佛学的王维来说是另一番独特的风景。人生正如春夏秋冬之变幻，不过是在不同的时期呈现不同的景色而已。在担任官僚的空闲时间中，王维在京城南蓝天山麓修建的别墅成了他疲乏心灵的最好归宿。世间的功名利禄并非他追逐的对象，唯有这偏野荒郊中的清风与明月，是他真正的灵魂寄托。这首《山居秋暝》是诗人精心勾勒的人性美，从另一个角度来说亦是诗人人生理想的写照。

正所谓"空山不见人，但闻人语响"（《鹿柴》），繁盛茂密的丛林经过第一场秋雨的洗礼越发显现出生机盎然的翠绿。广博的自然掩盖了人们的痕迹，目之所及的是亭亭如盖的高木，入耳之语尽是风鸣与鸟啼，这山林之中充满了空幽之气。空山之中不被打扰，恍若隔绝人世的世外桃源，山雨初霁，万物为之一新，徐徐秋色点染在这片画布上，景色之美妙让人浮想联翩。

当天色渐渐深下去，黑夜蚕食掉最后一丝光亮，取而代之的如琥珀色的玉光，那是高挂在苍空的月亮的微笑。这琥珀色的笑容融成了一条洁白无瑕的素练，铺在松树的身上、莲花的身上、泉水的身上……泉水里若隐若现的碎玉般的光泽滑过山石之上，很快又跃进水里，化成一片亮白。风景如画，人生如诗，这月下青松与石上清泉，似乎超脱了事物本身的属性，而升华为王维心目中高洁理想的象征。

明月清泉的静景正引人触发翩翩联想，一阵笑语歌声忽而划破了静谧的天堂。原来是那些天真无邪的姑娘们浣洗归来，未见人影却先闻其声，如银铃般悦耳的笑音在夜空中回荡。只见原本亭亭玉立的一众荷叶斜了身子，让路似的纷纷转向两旁，荷叶上掀翻了的无数晶莹水珠，那是顺流而下的渔船划破了宁静的荷塘月色。生活在这翠竹青莲、清泉明月世界中的善良人们，无忧无虑地享受着纯然的人生，没有污浊官场的侵扰，亦没有血雨腥风的洗礼，这样的稳定与平和正如恒久不变的月光秋色。

目及此情此景，心心感念着这个如世外桃源般世界的美好，诗人王维的情绪被感染起来，他忍不住一反故语，呼唤一声"随意春芳歇，王孙自可留",想要将此生寄情于有山有水的诗情画意之处,高洁的情怀和对理想世界的追求溢于言表。

王维笔下的秋景,不见杜甫笔下"风急天高猿啸哀,渚清沙白鸟飞回"的凄凄切切,不似刘禹锡诗中"自古逢秋悲寂寥,我言秋日胜春朝"那般昂扬乐观,却用一副温暖的笔触不着痕迹地描出了一幅和谐完整、素雅明丽的水墨画,那种恬淡和纯然让读诗之人沉浸其中,流连忘返……

白云回望合，青霭入看无
——茫茫云海，蒙蒙青霭

终南山

王维

太乙近天都，连山接海隅。

白云回望合，青霭入看无。

分野中峰变，阴晴众壑殊。

欲投人处宿，隔水问樵夫。

西自秦陇地径绵延八百里长龙及至东田，一行群山横卧在关中平原的脚下。宋人曾在《长安县志》中赞道："太行之外，莫如终南。"唐代诗人李白写道："出门见南山，引领意无限。秀色难为名，苍翠日在眼。有时白云起，天际自舒卷。心中与之然，托兴每不浅。"终南山在唐代带有强烈的主流文化的印记而极具地位，在其背后孕育着浓厚的宗教与政治意味，这与唐代文人的崇道狂迷、隐逸文化、尚佛之风，密切相关。巍巍终南山，经过无数文人墨客的描摹涂鸦，正多角度地展示着它的姿彩。

文学创作，贵在用个别视角窥视全局风采，漫天撒网似的刻画反而会磨灭事物的特点。刘勰所谓"以少总多"和古代画家们提倡的"意余于象"正是如此。

"太乙近天都，连天接海隅。"一下笔便充满了大气磅礴的夸张与想象，从远处平地眺望，终南山之伟岸似乎直逼天际，宛如支撑起天与地之间的巨人；而横扫山峦远影，西起甘肃天水东止河南陕县的终南山绵延不断横亘中华大地，神龙见首不见尾的错觉让人以为这山峦似乎快要接近海隅。

"白云回望合，青霭入看无。"更可谓是写景中的高妙之笔。审视的视角从上句中的远观步步移近，脚步抵达的地方便走出一条路。再回头看，缭绕云雾刹那间便缝合了来时的路，处于这浓雾的世界分不真切，恍若置身仙境浮游于缥缈云端。远方的蒙蒙青霭似乎在召唤着旅人的到来，近在咫尺的景色仿若触手可及，当诗人怀着新奇走进茫茫云海想要一探究竟，然而发现那青霭却又退了一步，可望而不可即。这种奇妙的境界，对于许多有游山经验的人来说并不陌生，可是正是这种难以言传的细微感受，在王维笔下用短短十个字活灵活现地描摹出来，读之无不惊叹这语言的魅力。

当游者终于走进了终南山麓，立足"中峰"对于终南从北到南的辽阔也有了独特的认识。纵目四望八方之景依稀可见，终南山东西之绵远如彼，南北之辽阔如此，尽收眼底的全景中彰显着千岩万壑的丰富姿态。

正当人们沉迷在终南山的自然之景中时，一句"欲投人处宿，隔水问樵夫"，把人从渺远的想象中拉回到现实，清幽的景色之中忽然有了人气。"欲投人处宿"看起来有些突兀，而承袭上文，细品原因，正是终南山的美景让作者流连难返，忍不住想要暂住于此，待到明日定要再来一番游览，诗人避闹好静，也不难于言外得之。

初入这陌生的地方，自然要向当地人问起投宿之处，丁丁的砍樵声隔水穿过，自然让诗人有了询问的对象。循声而望，高声放言，樵夫从浓密的树林中露出了身子，用手指着住宿的方向。细细品来，颇有些"借问酒家何处有，牧童遥指杏花村"的味道。正如王夫之在《姜斋诗话》中赞道："'欲投人处宿，隔水问樵夫'，则山之辽阔荒远可知，与上六句初无异致，且得宾主分明，非独头意识悬相描摹也。"

山静如子，而韵味别致。文人怡情于自然山水，在与山水亲近的过程中捕捉心灵的触动。在王维的精心雕琢下，无论是那白茫茫的青霭云雾还是山中的绿水樵夫，都化作了风景画的一部分。从远处的写意到近景的工笔，再衬上游山时候一丝惊喜和欢愉，墨色铺陈出一条美丽的自然之路。

卷九

禅心内·何处惹尘埃

澄江明月内，应是色成空
——迥然出尘的洒脱

江中诵经
张　说

实相归悬解，
虚心暗在通。
澄江明月内，
应是色成空。

当逐名追利之风肆意弥漫在当下社会中时，有人说，这是个信仰缺失的时代。"信仰"这个词语似乎已经距离我们越来越遥远了。伴随着信仰的远去，同样丢失的还有人心中残存的那一点温情和敬畏，当人们重新回到这些浩如烟海的古典文化中时，正在以一种特别的方式洗涤灵魂中的渣滓。

在读张说的这首《江中诵经》之前，曾在《心经》中看过"色即是空，空即是色"的说法。目之一切为空，得之一切皆为虚妄。在张说的解读中，无论是佛性、法性还是真如、法身一切都是真实的，却又是难以用凡人的视觉观感直接把握的，于是佛教诸法所传授体相的真实意义便被悬置起来。这种只可意会不可言传的神秘是人在通达悟道的障碍，亦只有悬置起个体的各种杂念，让六根真正回归清静，才能排除心中的一切，当下悟入。

正所谓"一切万法，缘起性空，自性是空，毕竟是空，当下即空"。在江中泊舟里枯坐良久，当诗人张说从读经悟静的世界中回过神来，一抬头便是澄净如洗的江面上倒映着如琥珀般的月影，月色追着小船悠悠地荡漾。这般万籁寂静的和谐之景让他忍不住将佛法体悟与自然的神秘结合起来，全身心似乎都与澄江月色融合在一起，也同样是恍若人间仙境，绝尘而顿悟了。

唐朝是一个佛教盛行的时代，生活在当时的文人难以拒绝来自大时代的这种普遍影响。生于武则天时代的张说因对策第一才气超人被授予太子校书一职，后因忤旨不遵、不附权贵，多次被罢免官职。跻身官场难免周旋于各种权力的争斗，在宦海之中的沉浮跌宕对他来说已是常事。生活的悲欣交集让他对于人生冷暖有着独特的体悟，当现实的困境让人没有办法找到前行的路，他转而寄身于宗教的信仰，在精神家园中摸索出希望的出路。《江中诵经》里不仅是他读经的一时之感，更是在沉淀了无数人生阅历之后，升华了的人生体悟。

凡是佛教徒都知道，诵经不等同于读经，不是无意义地语言复读，而是在一种寂然的境界中，寻找经文与读经者灵魂的合一。若是懂得诵经诀窍的人，在一次诵经中就可以获得一种修法圆满的功德，经历了"观想法会圣众""修供养""修皈依""发菩萨心""安住""回向"六个环节之后获得某种精神上的妙悟。

手捧经书，想象着自己如同身临这部经典的法会场所，去体悟传经人甚至著经者所亲历的一情一景，尽可能贴近经文的原场域。当把一切诸佛圣贤等众都观想出来之后，便要开始修供养。在意幻中供养三宝，亦可如供养现世的功德。要能够与经书之境融为一体，前提是怀着诚挚的心对三宝之法呼应皈依，以谦卑大乘的姿态而追求心灵的净化。经书中的一个个字符仿佛是一盏盏明灯，夜空中无数的明灯集中成一片光明，照亮了内心的彷徨与阴暗。在这种灵魂的涤荡中，世间杂念的纷纷扰扰都被切割分解，置身其中却能超然物外，或许这便是抵达了"色即是空"的最高境界。

这是个最好的时代，也是最糟糕的时代。物质的发展抵达了膨胀鼎盛的巅峰，然而精神的匮乏却让人忘却了将要奔向何方。

文字之外，让我们忍不住借着佛学与信仰的名义思考人生的意义。何为意义？在我看来，所谓意义就是作为个体与世界追寻某种联系过程中的积极主动关系。世界很大，万物太多，可是对于一个个体来说，我们所需要的不过沧海一粟而已。当一个人能够清楚地认识到自己想要的，不妄求无贪欲，自然也就隔断了苦痛之源；可是如若将目光永远觊觎不属于自己的宏阔沧海，个人沦为金钱物欲的仆奴，这种可望而不可即的现实与欲念之间的裂缝最终会把生命带入罪恶的深渊。一个"短视"之人的言行往往局限在私自的眼前利益，在经历了一系列的因果轮回之后，也终将自食酿下的恶果。

从短短的一首《江中诵经》看开去，佛学大智犹如一掬清洌的泉水缓缓滋润过心田，世间的五味杂陈经过熏染洗涤，在众生的心灵上折射出不一样的光彩。

宁知人世里，疲病苦攀缘
——功名利禄犹如猴猿攀木

酬晖上人秋夜独坐山亭有赠

陈子昂

钟梵经行罢，香床坐入禅。

岩庭交杂树，石濑泻鸣泉。

水月心方寂，云霞思独玄。

宁知人世里，疲病苦攀缘。

　　武则天长寿元年（692），以继母丁忧暂解官职的陈子昂重新回到了阔别已久的故地重居。是日秋夜，暮色低沉，寂然如水。陈子昂踏着朦胧月色，前来拜望在山亭中打坐的老友大云寺僧圆晖。

　　《摩诃般若经》说："佛言，若菩萨一心行阿耨菩提，心不散乱，是名上人。"圆晖上人德行高远，佛性敦厚，与陈子昂之间友谊甚笃。时光荏苒，圆晖上人专攻于自身佛性修炼，而陈子昂则在官场之中也甚为繁忙；屈指算来，距离上次相见，已是多年。老友相见，情谊深重，彼此之间分享分离多年来的悲欣苦乐，分享着对人生的感悟体会。情到深处，忍不住互相赠诗一首，伴着这清风明月，话一话心中无限苦乐事。

　　圆晖上人的赠诗写的是坐禅之事，而陈子昂的这首《酬晖上人秋夜独坐山亭有赠》亦是从坐禅落笔开来。从午后诵经到黄昏行经，而后夜晚禅定日常佛事，圆晖上人的生活安排得坦然有序。在圆晖上人禅坐的院落里，郁郁葱木杂然而立，凌乱无章；汩汩清泉从岩石的间隙中倾泻下来，这动态的韵律不可捉摸却不断地冲击着人的魂灵，反衬之下越发彰显幽寂的禅意。这禅意不仅仅来自环境的静寂，更是从圆晖上人的内在魂灵中折射出的光彩。从心波平静到智慧现前，如同水面清静之时倒映出的朦胧月影。就如《圆觉经》所说的"知幻即离，离幻即觉"，依靠智慧，观察到诸法本无实在意义，这"思独玄"的妙处恰恰在于了知无论云霞聚散遮露，青天从来不变，如同真如佛性，"不生不灭，不垢不净，不增不减"（《心经》）。

　　可是对于大多数人来说，佛学中所言的真如之境是可望而不可即的。尘世的纷纷扰扰大抵成为人生活的全部，世人不能如圆晖上人一般清除杂念远离幻法，只能在这被欲念侵蚀了的人生中饱受病苦的攀缘，实在是无奈又可怜。从高僧之处落笔，反思现世人生，最末一句阐释的"何谓病本？谓有攀缘"之理给人以振聋发聩之感。

　　人是一棵会思想的芦苇。关于物欲与个人的关系向来是人们津津乐道的话题，作为尘世子弟，或许没有办法真的做到视金钱如粪土，可是至少不至于落得"疲病苦攀缘"的境地。

　　沉沦在这个世界中的每一个人，难以脱离对物质的依赖，从柴米油盐到衣食住行，都在为了满足物质的需求而奔波，这是一个人对于生命渴求的基本本能，本就是无可厚非的。可是细细想来，在宇宙间难以计数的事物面前，并不是每一件都对人有意义。所谓意义，是在两者的联系与交流中产生的，当我们身处某个藩篱中无从自拔的时候，不如重新思考物与我之关系，欲望正是由于人之追求与愿望无法达成之间的裂缝而产生的。追求是鼓励个人不断奋进的动力，更是推动这个社会滚滚向前的推助力。然而对于很多人来说，当花费了太多的时间和精力用在生硬地与一些本该不属于自己的物体建立联系的时候，这些追求俨然已经成为生活的负累，生命的意义在这种盲目的追逐中渐行渐远。

　　陈子昂在《酬晖上人秋夜独坐山亭有赠》的末句"宁知人世里，疲病苦攀缘"里写下一声沉重的叹息，以"宁知"这一反问转入倾吐自身的叹惋和隐痛。身体之疾需良药来医治；可是心灵之疾更多的是要通过内心灵魂的自我梳洗。诗人痛感自己的心灵疾病，为了功名利禄犹如猿猴缘枝攀木，忽此忽彼，其苦难言。于是求助于佛家信条成了诗人自我疗伤的独特方式，在对佛界无比向往之中又蕴含着对圆晖上人的无比敬仰之情。

　　全诗由圆晖上人坐禅下笔，及至自我内心情感的抒发结语，短短几句，自然从容。清幽之景与人心的和谐形成某种内在对照，颇有契合之感。浑融一体之中由圆晖上人而联想个体命运，反思自身灵魂，对比强烈。这精巧的结构、颇有意味的表达让这首《酬晖上人秋夜独坐山亭有赠》每每读之都发人深思……

看取莲花净，方知不染心
——出淤泥而不染的高洁

题大禹寺义公禅房
孟浩然

义公习禅处，结宇依空林。
户外一峰秀，阶前众壑深。
夕阳连雨足，空翠落庭阴。
看取莲花净，应知不染心。

　　蜿蜒至空幽寂寥的森林深处，树木盘旋而上郁郁葱葱。草木新生的气息混杂着带着腥味儿的泥土，悄然弥漫在每一丝空气中。森林的深处寂静无声，难闻人语。筑立在密林深处的禅房将佛教中的清幽之气似乎融入了景色之中。

　　此处禅房，正是义公高僧的坐禅之处。窗台几净，草木清幽，门外传来的翠鸟啼鸣之声洗刷着凡世的杂乱，涤荡着人们的魂灵。孟浩然在这座禅房中邂逅了义公高僧，忍不住记下这首《题大禹寺义公禅房》。

　　放眼门外秀丽山川，挺拔的英姿如同笔挺待检的战士，漫山遍野的浓浓绿意让人恍如身临仙境，清新之气扑面而来。禅房的前面恰是深邃高雅的山景，在这座坐落在山林中的禅院台阶前，爬满了深深的沟壑，纵横的山谷一层层地铺展开来，如同岁月在智者脸上留下的沧桑痕迹。踏着这一层层的沟壑走入禅房，青烟袅袅中只见一位高僧青纱披身、双目微闭，口中似乎念念有词，却未闻其声，坐禅入定良久而巍然不动。当孟浩然踏着轻盈的脚步来到此地，瞻仰高峰、注目深邃，一种断绝尘世俗念，引人神往物外的志趣在心头油然而起。

　　此时正是雨过天晴，秀美山川经过雨的洗涤，格外透露着清净新颖之气。微醺的春风带来一片鸟语花香，与这丛林掩映之中的盎然绿意交相辉映。当夕阳渐渐地沉入两山交界的地方，半边天空都被染红，晚霞夕岚，相映绚烂。未几，几缕未尽的雨丝悠然拂过，阵阵凉意犹如从绿色的远山里生发出来，让人神清气爽。禅房庭上，和润阴凉，人立在其中，犹如在接受着天地自然之光的洗礼。

描写至此，大多数的笔墨已然沉浸在漫无边际的山景之美中。山水之美让人流连忘返，及至一句"看取莲花净，应知不染心"忽而将人的思绪从渺远的想象里拉回了现实，禅房美妙的山水环境，高僧义公清高的眼界襟怀，相映成趣，相辅相成，都已经恰到好处。诗人用一笔道破，写景之笔实际上在写人，赞美景色实际上也在赞美人格的高尚。此处的"莲花"清净香洁，不染纤尘，濯而不妖，恰如佛眼明丽。高僧义公在如此美妙的山水之境中修筑禅房，足以可见他具有佛眼般清净的崇高眼界，方知他怀揣着青莲花一般的超凡脱俗纤尘不染之胸襟。这写景的用意被点破，转而化为更高层次的主题。

能够对高僧的礼佛坐禅之事产生如此细腻入微的感受与体悟，与孟浩然本身的人生际遇休戚相关。沐浴着盛唐的光环一路走来，青年时期的孟浩然辞亲远行，漫游在山水江河间广结好友，干谒公卿名流，以求遇到伯乐赏识自己的才气。然而孟浩然虽然有用世之志却处处碰壁，政治上的困顿失意像一张无形的大网紧紧地遏制住命运的咽喉，他觉得要被这种无形的力量困住了。洁身自好的孟浩然，始终不肯委身于趋承逢迎的苟且之事，在人格的毁誉与事业的成败之间艰难抉择，最终他皈依了诗意的栖居生活，将政治上的不快消融于山水田园的潇洒自由之中。

鹿门山是诗人孟浩然灵魂的归属之地，在这里，他耿介不随的性格与清白高尚的情操有了向自由而生的资本，为后人所倾慕。好友李白曾经在《赠孟浩然》中慨然赞道："红颜弃轩冕，白首卧松云。高山安可仰，徒此揖清芬。"在唐代的众名士中，隐居之潮蔚然成风，只是在别人的生命中，隐居一说不过成了一种奢望而已，在更多人眼中，却也变成了引以为傲和炫耀的资本。可是在孟浩然的人生定义中，所谓"隐居"却成了完完整整的事实，他用这种方式在仕隐矛盾之中寻求某种内在的平衡，也在诗歌的世界向人们剖析灵魂，用活景与真情的完美契合把握鲜活的生命，在这种旋律的震颤中抵达永恒。

　　一切佛法知见，皆成与世间学问知识无异。不修定无以生智慧，不能断烦恼，对境临之事不能起作用。当孟浩然悄然踏进藏在深山中的禅房，偶然邂逅的秀美山川与坐禅高僧，倏尔点燃了生命中一直潜藏于心的一道风景。佛言道："一切皆有法，如梦幻泡影，如露亦如电，应作如是观。"佛经上常有一句话，聚会必有消散。物来物往，熙熙攘攘，本非人之所固有，亦非人之所恒有，凡夫的所见所知是被戏论所乱的虚诳妄取之相，绝非实相。得之我幸，失之不悲，以般若之智剥开层层迷雾，真正体悟到生命的本真，才是真正将人隔绝于事物之外，不为事物所负累。

　　一个人修道或者读书，自然每一步都在提升着自己的境界。眼前所悟到的境界里包含着一切境界的缩影，当人修到了某一种境界的时候，自然也就抵达了另一种人生的境界。或许我们很少有机会如孟浩然一般亲历高僧坐禅的修炼，然而却在这样一首诗歌中用文字般若的方式淘洗灵魂，眼界顿时焕然一新。

坐觉诸天近，空香逐落花
——通感的艺术

登总持寺浮屠
孟浩然

半空跻宝塔，时望尽京华。

竹绕渭川遍，山连上苑斜。

四郊开帝宅，阡陌逗人家。

累劫从初地，为童忆聚沙。

一窥公德见，弥益道心加。

坐觉诸天近，空香逐落花。

唐开元十六年（728），已经是孟浩然第二次踏入这座繁华的长安城。犹记得六年前因中书令张说之推荐而第一次入京，原本怀揣着一腔报国热情与自信，却被这个隆冬腊月的寒意鞭笞得体无完肤。叹无人举荐，岁月蹉跎，徒有鸿鹄之志却无法实现。诗人强烈的进仕之心在残酷的现实面前受创，对于众多正当盛年的青年们往往是常事，可是这遭人生际遇在孟浩然那里却产生了不一样的发酵效果。对于从未踏上仕途，涉足官场的孟浩然在其如此强烈的功名心之下，偏喜隐逸与志存功名之间的思想矛盾正在悄然酝酿。

在几年鹿门归隐的以诗自适的日子过后，开元十六年夏天，孟浩然决心重新捡拾起破碎的梦想，再一次踏上长安这片土地参加科举之试，《登总持寺浮屠》正是在此时创作而成。

佛家宝塔悬于半空之中，站在宝塔上纵览远景，京华之景尽在眼下。渭河两岸的竹林掩映，浓郁的绿意直直向前，蜿蜒出一道秀丽的水光山色。翠竹依傍缠绕，上苑绵延逶迤，似乎与远处的山峦交相辉映。一座座帝王公侯的华贵豪宅在京郊之地竖起，阡陌纵横的田园上，铺满了金灿灿的阳光，在阳光的缝隙中，可以看见农夫田舍自然散落。在海纳百川的自然世界里，万物都在以最本真的状态平等地接受审视。

身在半空之中的诗人纵览这一切的景色，望着大地上平等的点缀，一切都如同杂色香花盛开一般绽放着各自的光彩。由眼前之景进而遥想到佛家之事，佛教往往讲究从初地至喜欢地修至七地远行地，须经一大阿僧祇劫，从八地不动地至成佛，还须经一大阿僧祇劫。"累劫从初地"一说正是由此而来。乃至童子嬉戏，聚沙为佛塔，像这样诸人等，都已经是从佛道划出。正如所谓"不积跬步，无以至千里；不积小流，无以成江河"，再高的佛塔也从初地上累土而成，童子聚沙更是不必说了。"一窥公德见，弥益道心加"，讲述初地菩萨窥心性功德在眼前，进而更加精进，以期圆满实现佛果。联想此时此刻的自己，因着身在高塔而越发觉得天上之景遥首可及，同时浸润在佛法的世界中，参悟万物的轮回运转，似乎能够感受到诸天欢喜，自觉相近，以飘飘扬扬花落人间作结，颇有幻美的气氛。

当身处半空的孟浩然从高塔上俯视长安城里的大好河山，于自然的曼妙多姿里切身感受着成佛学经的过程，眼前之景与心中之情在冥冥之中抵达某种高标的契合，言语之间对佛的喜爱之情汩汩而出。

在孟浩然创下这首诗之时，此时命运的结局还未打开，摆在现实面前的无数种可能亟待书写，早年怀揣着远大抱负，却渐渐地一次又一次地在命运转折点上被抛弃，政治上的困顿失意让他体会到人生的无常冷暖，现实的打击让他回归到宗教的怀抱，想要从中寻得一番慰藉。在鹿山深林中诗意的栖居，在美丽山水自然风光的涤荡中抛却一切烦恼与忧愁，真心顿悟到一切宦海沉浮与名利得失不过是如露如电，转瞬即逝。

站在总持寺上眺望远方，往事伴着各种悲欢离合的旋律汩汩而来。迎面清风扑面，头顶三尺青天，举手似乎可摘天上的云朵，俯身可逐花丛间的芳香，在卑躬屈膝求一番名利与傲然自恃蔑视富贵之间，他毅然选择了后者，也就必然学会坦然接受这样选择带来的结果，这段难得的隐士的生活让他在诗学上开拓出新的高度，他以耿介不随的性格与清白高尚的情操而为后世所仰慕，也在史册中留下一段佳话。

　　细读《登总持寺浮屠》，虽不如"夜来风雨声，花落知多少"般朗朗上口，也不似"野旷天低树，江清月近人"一般意境深远，却站在一个特别的角度，由俯瞰之景延伸到所思所想，最终将精神与景物融为一体。这样的诗作也是孟浩然对于佛教一片赤诚之心的生动展现。

曲径通幽处，禅房花木深
——一切尽在不言中

题破山寺后禅院

常建

清晨入古寺，初日照高林。

曲径通幽处，禅房花木深。

山光悦鸟性，潭影空人心。

万籁此俱寂，但余钟磬音。

　　唐朝是一个盛产文人诗才的时代，也是一个佛教哲思的时代。在当时，佛教已经成了一种注脚，在那个雄心勃勃的时代中，成了许多人寻求庇护皈依的港湾。这首《题破山寺后禅院》成了人们口耳相传的经典之作。

　　曾经在杜牧《江南春》中出现过的"南朝四百八十寺，多少楼台烟雨中"之景似乎在这个佛教盛行的时代重新再现，一座座的佛寺禅院见证了诗人们探索的脚步与飘逸的思绪，也见证着他们笔下的文字化作一首首诗歌，流芳百世，亘古不息。

　　破山在今江苏常熟，寺指兴福寺，是南齐时郴州刺史倪德光施舍的宅院改建而成，到了唐代，古寺已经积淀了历史的遗痕，记载了无数的过客故事。常建此诗中抒写的清晨游寺后禅院的所观所感，笔调十分古朴，描写省净别致，意境浑融，艺术上相当完整，不愧为盛唐山水诗中独具一格的名篇之作。

　　跟着常建的这首《题破山寺后禅院》，缓缓地打开一幅古老的画卷，一片风景呼啸而过……让人体会到这特定境界中所独有的静趣。

　　初晨的寒气直逼树林深处，当诗人悠然信步地踏进这座古老的寺院，一股历史的陈旧感扑面而来。寺庙上斑驳的墙皮在岁月里破裂，仿佛听到乍得一声响迸出微光。旭日东升，从天的尽头缓缓地探出了头，于是初阳泄漏出的鹅黄色光辉晕染开来，无论是近处的寺院还是远方的青山，朦朦胧胧的那层面纱开始被掀开，忽而整片朝霞的色彩都压了下来。"丛林"之意在佛家偈语中有僧徒聚集之意，于是此处的"高林"亦兼暗含称颂禅院的意思。这普照山林的初阳似乎成了某种启蒙佛光的象征，言语之间诗人对佛宇的礼赞之情溢于言表。

从掩映的竹丛中拨开一条小路，从盎然绿意中穿过，就一步步走进了禅院的深处。幽深的庭院里寂寥无人，辽远的天空静穆地注视着园子里的古木的门窗、泛黄的书卷甚至那层层叠叠铺下的灰尘，一切都仿佛被历史凝固了似的。围绕在禅房周围的花木繁茂又缤纷，众星捧月般笼罩着这个神圣的唱经礼佛之地。这肃穆的气氛，让人平添了几分敬意；这样幽静美妙的环境，让诗人忍不住赞叹，深深地沉醉其中。

渐渐升起的朝阳之光俯视着整座禅院，这种升腾起的明媚色彩给整片天空带来了新鲜的气息。举目望见寺院后面的青山像是重拾了青春朝气，焕发着日照的光彩；飞鸟在朝霞的柔波里盘旋雀跃，似乎在庆祝新生之日的到来。低头望见清清水潭边的掠影，只见天空和自己的身影在水中湛然空明，心中的尘世杂念顿时被洗涤一空。精神上的纯净愉悦之感通透全身，面临此情此景，诗人顿悟到空门禅悦的万千奥妙。

此时此刻，万物都皈依沉默静寂之中，仿佛一切的时空都在这一刻消失不见，人的思绪在寂然里切割成千丝万缕，漫无边际地无声纷飞。这一世界与那些纷纷扰扰的名利世俗全然隔绝，以最大的胸怀承载着世间的可能性。这种神秘的静谧之中，骤然响起一阵敲钟击磬之声，划破了清晨的沉默，唤醒了沉睡的青山与草木；以动衬静之笔，营造了一个万籁俱寂的境界，这与王维笔下的"蝉噪林逾静，鸟鸣山更幽"颇有异曲同工之妙。自然与人世间的一切声响全都寂灭了，只有钟磬之音，悠扬而洪亮，深邃而超脱。这悠扬而洪亮的佛音犹如黑暗之中的明灯，照耀着心灵里阴暗的角落。诗人欣赏这禅院幽美绝世的居处，领略这空门忘情尘俗的意境，寄托自己遁世无闷的情怀。

在这种色彩与动静交织的世界中，有情有态的景物渲染了佛门禅理涤荡人心、怡神悦志之用，在给读者带来独特审美体验的同时，也将人的精神带入幽美绝世的佛门世界。翠竹幽林沐浴在灿烂朝阳之中熠熠生辉，炫人眼目；颇有一种沉浸于佛义启迪中的譬喻。

身处盛世，这种迷醉在繁华热闹中的孤单格外突兀，于是许多人开始转向隐居生活抑或是在佛教宗义中寻求超脱。盛唐山水诗歌大多歌咏隐逸情趣，怀有一股悠闲惬意的情调，然而却各有风格特色。常建的这首《题破山寺后禅院》正是在悠游之景中写心灵顿悟，具有盛唐山水诗的共同情调，但是风格却颇为闲雅清静，与王维诗歌的高妙、孟浩然诗歌的平淡都迥然相异，确属独具一格。

此诗的颔联曾格外得到欧阳修的赞赏"欲效其语作一联，久不可得，乃知造意者为难工也"。及至后来，偶然机会六一居士暂驻青州一处山斋宿息，得以亲身体验到"曲径通幽处，禅房花木深"二句所写意境情趣，与多年前读到的常建这首诗产生了共鸣。常人遇此景，心有戚戚而莫获一言，待读到常建之诗，便心生恍然顿悟之感，将难言之情孕于笔下，是为真作。

行到水穷处，坐看云起时
——生命本是一场美丽的邂逅

终南别业

王维

中岁颇好道，晚家南山陲。

兴来每独往，胜事空自知。

行到水穷处，坐看云起时。

偶然值林叟，谈笑无还期。

巍巍终南山，层林尽染漫山绿意，细碎的阳光微笼着这片树林，翠绿色的水晶在丛林中斑斑点点地闪耀着。

在秦淮大地上蜿蜒盘旋的这条长龙，自陕西宝鸡眉县至西安蓝田县绵延数百里，以博然的胸怀吸收天地精华孕育着美丽风景的同时，亦以道教全真派发祥圣地而闻名于世。在宋人所撰的《长安县志》中曾经赞颂道："终南横亘关中南面，西起秦陇，东至蓝田，相距八百里，昔人言山之大者，太行而外，莫如终南。"至于它的丽肌秀姿，更是以千峰碧屏盛景张扬着婀娜多姿的姿态，深谷与高峰比邻而立，幽雅诚美，令人陶醉。唐代诗人李白在诗歌中放言："出门见南山，引领意无限。秀色难为名，苍翠日在眼。有时白云起，天际自舒卷。心中与之然，托兴每不浅。"

如此天然绝景，自然是文人墨客笔下少不了的赞颂对象。在众多唐诗名篇之中，终南山的名号在王维的这首《终南别业》中赫然打响。

岁月渐渐抹去了诗人身上的雄心壮志，对于一切祸福得失的洗礼，晚年的王维开始以一种淡然而清净的旁观者眼光审视。临近晚年，王维已经官拜尚书右丞，经历了以往仕途中的跌宕起伏，哪怕是现在的富贵名利亦让他看淡世事，冷眼而望。身居高位让他得以有机会亲历统治阶级高层官僚内部为了争权夺势而触发的各种血雨腥风，政局反复动荡的变化，让他早已看透仕途的艰险，浸淫在佛学的世界中，静心自修，想要摆脱这个烦扰尘世的束缚。于是，这终南山的辋川别墅便成了诗人亦官亦隐的最后归宿，对于王维来说，此处犹如抛离人世烦扰的静寂之地，在其中吃斋念佛，悠闲自在，那种自得其乐的闲适情趣跃然诗间。

一句"中年颇好道，晚家南山陲"，一语总结了许久以来的人生经历，中年以后的王维渐渐厌倦了尘世中乌烟瘴气的官场生活，在佛学的世界中寻求灵魂的慰藉；及至暮年，他搬到了辋川别墅，周遭山清水秀之景让人心旷神怡。在他写给好友的信中说："足下方温经，猥不敢相烦。辄便往山中，憩感兴寺，与山僧饭讫而去。北涉玄灞，清月映郭；夜登华子冈，辋水沦涟，与月上下。寒山远火，明灭林外；深巷寒犬，吠声如豹；村墟夜舂，复与疏钟相间。此时独坐，僮仆静默，多思曩昔携手赋诗，步仄径、临清流也。"

面对此情此景，每每兴致勃起，总会独自一人寄身于山水田园中畅游，赏景怡情，往往自得其乐。生活中的景色都在诗人的眼中闪耀着斑斓的色彩，正是拥有一双善于发现美的眼睛，才能够让生命不缺少美丽的风景。这种随心所欲的漫游生活是明亮而豁然的，或是沿着溪流信步而走，听水声潺潺，看泉流撞击岩石扭动腰肢；或是静坐一处，沐浴着柔暖的阳光，看云卷云舒，听自然世界的窃窃私语。一切都像是消融在天地间，却也是在这种出奇的自由放松中回归到自己的本真状态。

在这样闲适环境中生活的人们自然没有了曾经官场之中的那番尔虞我诈与钩心斗角，兴之所至的不仅仅诗人自己，偶然在林间邂逅的老叟亦是言笑晏晏，开朗达观，于是心境澄澈的两位有心人在此地相遇，交谈甚欢以至于忘记归期。生活之中无论遇到的人或是景，处处都显示着无心的巧合，更显出心中的悠闲，如行云般缥缈无踪，如流水般自由流淌，行迹毫无拘束。

当王维徜徉在美景之中，将心头的千思万绪化作诗中文字，我们也徜徉在他的文字中，心中波澜万千。笔走龙蛇间，似乎可以看到一位天性淡逸、超然物外的老者，已经学会摆脱凡尘俗世里的烦忧束缚，在诗意的栖居里探索生命的另一种存在方式。

《终南别业》一诗中并没有耗费大量笔墨用于景色的描绘，而是重在表现诗人隐居山间的悠闲自得的心境。他不仅是一位出色的诗人，更是生活的智者，所谓"行到水穷处，坐看云起时"正是这样的参悟。自然之境往往是人生历程的折射，在生命过程中，无论是经营爱情、事业还是学问，都必然要怀着勇往直前的态度，可是在不断地摸索未来的过程之中，也常常会发现事与愿违，付出无数努力之后迎接自己的竟然是一条黑暗的绝路；这样的挫折并不是终结的宣告，从另一个角度来看，而是崭新道路的开始，当一种可能性被隔绝之后，就意味着另一种可能性的打开。望向天空，望向远方，为自己的灵魂插上腾飞的翅膀，也让自己有机会能够重新审视这个世界的丰富性形态。

蓝田辋川记录了诗佛王维的悲与喜，也见证了他在此处留下的精神之光；王维的自由不是仅仅来自环境，更在于内心的舒展和境界的放大。

卷十

志难酬·弦断有谁听

念天地之悠悠，独怆然而涕下
——何处有明君

登幽州台歌

陈子昂

前不见古人，
后不见来者。
念天地之悠悠，
独怆然而涕下。

开天辟地的一瞬，癫狂了整个世界的秩序，远溯往昔未见如此景象，想必未来也难以再现这种疯狂。当生命身处在苍茫天地间，穹顶之上是皓月与繁星，它们闪露着灵魂深处的微光，立身于天地间，赤条条的生命穿过悠悠时光，历经千年，不变的是生命个体的孤独与苍茫。地的远方是延展，天的无穷处是更远的呼唤。

一首《登幽州台歌》成为千古绝唱，一股强烈的孤独意识从陈子昂的内心深处喷薄而出。怀才不遇又寂寞无奈，于此，孤独意识，也成为他思想的核心。当陈子昂登台远眺之时，只见苍茫宇宙天长地久，任凭生命轮回流逝，不禁内心感慨万千，悲从中来，怆然流泪了。诗人看不见前古贤人，古人也没来得及看见诗人；诗人看不见未来英豪，未来英豪也未能看得到诗人。诗坛污浊，陈子昂空怀一腔雄心壮志却难以抒发，失意的境遇和寂寞苦闷的情怀成为生命的基调，这种悲怆常常为一代怀才不遇的人士所共有，因而获得广泛的共鸣。杨慎在《升庵诗话》中赞道："其辞简质，有汉魏之风。"

所言或是皆人心中所想，然而落笔却绝非等闲之辈，其独特的艺术表现也可谓是空前绝后，从这一点来看，也可谓是"人人笔下所无"。据卢藏用《陈氏别传》来看，本诗作于另一首《蓟丘览古赠卢居士藏用》之后，在《蓟丘览古赠卢居士藏用》一诗中，陈子昂曾经慨叹道："逢时独为贵，历代非无才。隗君亦何幸，遂起黄金台。"而对于宇宙时空的慨叹也许是中国古文人笔下并不生疏的主题之一。屈原的《远游》一诗中就曾经写道："惟天地之无穷兮，哀人生之长勤。往者余弗及兮，来者吾不闻。"《登幽州台歌》的咏叹似乎就是脱胎于此。

这首诗歌没有对幽州城风景的一字描写，只是将登台的感慨如实写下，个人之情志已经从诗歌弥漫到整个天地，奔放豪迈的语言风格如滔滔江水汹涌澎湃，富有极强的感染力；雄浑开阔的意境让人耳目一新，视野开阔，颇有清新凌厉之气，未着一字写人写景，然而景中之情喷溢而出，诗人的自我形象更加鲜明感人。

全诗虽然只有短短四句话，却在人们面前展现了一幅浩瀚空旷、境界雄浑的艺术画面。诗的前三句粗笔勾勒横纵历史宏图，以沧桑易变的古今人事和浩茫宽广的宇宙天地作为壮美深邃的艺术背景，而第四句带着饱满的感情进行冲刺，凌空一笔，让抒情主人公慷慨悲壮的形象成为整幅画面的主导，使得整个画面光彩照人，神韵飞动。从时间的绵长到空间的辽阔无限，最终的落脚点集中在诗人的幽情愁绪之中。这首明朗刚健的诗篇对一扫齐梁浮艳纤弱的形式主义具有拓疆开路之功，是具有"汉魏风骨"的唐代诗歌的先驱之作。

《登幽州台歌》的作者陈子昂乃是初唐时期开风气之先的诗人。高宗调露元年（679），怀揣着经纬之才的陈子昂离开三峡，北上长安，进入当时的最高学府国子监学习，并参加了第二年的科举考试。"数年之间，经史百家，罔不赅览。尤善属文，雅有相如、子云之风骨"，这为他后来的文学革命奠定了坚实的基础。永淳元年（682），学有所成的陈子昂在京城崭露头角："蜀人陈子昂，有文百轴，不为人知，此乐贱工之乐，岂宜留心。"当时的京兆司功王适读到陈子昂的诗篇后，惊叹道："此人必为海内文宗矣！"一时之间，陈子昂声名鹊起，斐然瞩目。不久之后又传来陈子昂应试中进士的好消息。然而命途多舛，因为陈子昂耿直的性格让他言说之时自由心生，他的文章"历抵群公"，不顾忌讳，得罪了权贵。一腔壮志豪情结果在污浊的时代化为乌有，一位伟大的诗人带着他的灵魂被流放。

陈子昂不仅是下笔激情昂扬的诗者，更是策马可奔腾万里的英雄，后来国家处于旦夕祸福之际，陈子昂跨马北征，手持刀枪剑戟在沙场上浴血奋战，积极反对外族异域的侵略战争。朝堂之上不惧权贵，直言上谏，站在正义的立场发声，站在百姓的角度呼号，不觉间得罪了当朝执政者的利益，最终遭到无情打击，落得被斥降职的下场。适逢壮年，本该实现价值，三十八岁的陈子昂只能带着满腔怨愤回归故里，没有衣锦还乡的荣耀，只剩下事未竟志未成的悲怆惨淡。《登幽州台歌》这样的诗作是作者内心积郁不愤不发的结果。

《登幽州台歌》中，个体的孤独体验是置于悠悠天地宇宙的背景下渲染的，这种独特的情感是建立在人类对时空的自觉性基础之上。人类总是希冀能够超越时空而获得永恒，可是肉身的有限性始终阻挡不了人的情感想象，哪怕永恒难求，最终不过是一番叹惋一场空罢了。

"独怆然而泪下"既是诗人自身感怀伤世之情的写照，也是一切在混浊世界里傲然独醒之人的悲怆，从个体的孤独登临者中升华为人类伟大的思想者的共同形象。《登幽州台歌》因此获得了超越时空的审美价值，成为震古烁今的孤独者之歌。也难怪清朝诗论家黄周星在《唐诗快》中盛赞道："胸中自有万古，眼底更无一人。古今诗人多矣，从未有道及此者。此二十二字，真可以泣鬼。"

呼儿将出换美酒，与尔同销万古愁
——千醉解忧愁

将进酒

李白

君不见黄河之水天上来，奔流到海不复回。

君不见高堂明镜悲白发，朝如青丝暮成雪。

人生得意须尽欢，莫使金樽空对月。

天生我材必有用，千金散尽还复来。

烹羊宰牛且为乐，会须一饮三百杯。

岑夫子，丹丘生，将进酒，杯莫停。

与君歌一曲，请君为我倾耳听。

钟鼓馔玉不足贵，但愿长醉不复醒。

古来圣贤皆寂寞，惟有饮者留其名。

陈王昔时宴平乐，斗酒十千恣欢谑。

主人何为言少钱，径须沽取对君酌。

五花马，千金裘，呼儿将出换美酒，与尔同销万古愁。

　　在西方文化中，尼采曾经特意提到"酒神"一词，在他的《悲剧的诞生》一书中，酒神是一种独特的艺术冲动力量，酒神代表着丰盈的内在生命力，是激发艺术、追寻灵魂的源泉。酒神因素能够"用一种形而上的慰藉来解脱我们：不管现象如何变化，事物基础之中的生命仍是坚不可摧和充满欢乐的"。酒神赐予了人类自信的力量，赐予了人类超然的自由，更赐予了真切的疯狂。

　　当理性的光辉隐退，感性、欲望、本能与冲动粉墨登场，正是酒神点燃了艺术的灵感，让李白笔下的文字化作茫茫天地间脱缰奔腾的野马，化作顺势而为的行云与流水，化作事物一切可能的模样。

　　酒神成为了连接作者与诗歌之间的着力点，他也在热切鼓动着目之所及之人的热情和浪漫。肆意奔涌的黄河之水正从遥远的天边澎湃而来，这豪迈雄壮之景未及眼底就呼啸而过，东逝之后再无回路；家中年迈的高堂父母，在明镜前端详被无情岁月染白了的银丝，慨叹悲伤，却再也回不去那些转瞬而逝的青春时光。每一刻都在书写崭新的历史，重走时光路势比登天还难，这样的不解和无奈让人只能空空承受而无良策，既然如此为何不抓住此刻，而莫去愁苦未能之事呢？在能够把握的人生时光里，理应让自己纵情欢乐，每一秒钟只有在当下得到实现才有价值，这也是"人生得意须尽欢"的意义所在。

　　无论是王侯将相还是乡野草夫，每个人的出生即带有自己一定的价值，服务于人类的外在物质不同于某些内在的东西，它们可以失而复得，尽而再生。不必拘泥于这些身外之物，我们烹羊宰牛饮酒作乐，极尽生命的喜悦，无论是岑夫子、丹丘生还是名士权贵，不要吝啬外在之财，不要拘谨喝酒的豪气，让酒神充盈着整个生命，用美酒抵消天下无穷无尽的万古长愁！

初读李白的这首《将进酒》，颇有一股将生活图景、表现思想、豪迈感情杂糅在一起的畅快，情与景、意与境都交融在含义丰富的诗篇中，引人畅快之余深深思索一番人生真理。

诗歌开篇起兴石破天惊，一声"君不见"的呼唤，巧妙地将读者引入"黄河之水天上来，奔流到海不复回"的意境之中，随即空间转动，又很快出现了"高堂明镜悲白发，朝如青丝暮如雪"的动态画面，两组夸张的相似句式，一放一收，一来一回，一动一静，气势不凡，具有动人心魄的艺术力量。

当这种悲壮的意境刚刚酝酿将成的时候，诗人笔锋一转，随即"山重水复疑无路，柳暗花明又一村"，诗情由"悲"转"欢"，寻求了打破束缚的武器，纵然命运难测，然而在酒神催生下的自信乐观的心境是应对人生的法宝，豪壮举杯、痛快饮酒、享乐人生，最终抵达忘我的生命境地。

若说"人生自古谁无死，留取丹心照汗青"（文天祥《过零丁洋》）是对人生价值的坚守，若说"雄关漫道真如铁，而今迈步从头越"（毛泽东《忆秦娥·娄山关》）是对人生意义的超越，而李白笔下的"人生得意须尽欢，莫使金樽空对月"又何尝不是一种生命存在的形态呢？

经过这一番澎湃的意境起伏之后，诗人的狂放之情也将要抵达高潮，"五花马""千金裘"这些昂贵之物在醉眼蒙眬的诗人看来全然失去了价值，世间任何东西都不比美酒更加珍贵了。以"五花马""千金裘"

来换美酒，看似是诗人醉酒蒙眬后的妄语，但是诗歌的最后一句"呼儿将出换美酒，与尔同销万古愁"却话锋一转，诗情毕现，意境深远。一句"同销万古愁"很快让感性稍稍收回，这奔涌的愁绪很快渗透着酒意袭来，不论是人生短促之愁，还是仁人志士怀才不遇以及人生无常之愁，排遣这些愁意才是作者豪饮美酒的真正目的。不言大志不说空语，将自己内心的真实情感和盘托出，有人爱山水，有人爱女子，也有人爱江山，像李白这般坦荡的直抒心意，将心中所爱赞颂到如此地步，不可不谓是真诚至极。

半梦半醒间的诗人呓语，将现实世界的束缚一冲而光，将理性逻辑推理之矛盾化为乌有，显示了诗人独到的艺术功力和娴熟的浪漫主义手法。

"李白的一生是复杂的。作为一个天才诗人，他还兼有游侠、刺客、隐士、道人、第士、酒徒等人的气质或行径。""李白的思想也有庸俗，消极的一面，如人生如梦、及时行乐等，这在他的生活和创作中都有所反映。"（见游国恩等主编的《中国文学史》）对于李白，当然不能单凭一句"人生得意须尽欢，莫使金樽空对月"就批判他的生活态度与道德修养，作为一个极具才情的诗人，其对直觉的敏锐把握力、疯狂的想象力和高标的感悟力，往往使他无所顾忌地言其所想，发其所感，自由而独立。

李白的一生与酒结缘，但又不是醉生梦死的酒徒之辈。酒，成了触发他艺术创作的缪斯女神；酒，成了他不吐不快的发泄口。借酒放歌，浇灭心中的万古千愁，抒发人生豪气。李白的艺术气质与诗歌实践，不仅给中国文学留下了很多动人的诗篇，成就了一位伟大的浪漫主义诗人，而且丰富了中国酒文化的内涵。斗酒诗百篇，李白让酒文化与诗歌艺术联系在一起，给酒文化增添了更多的文学色彩，扩展了酒文化的浪漫主义想象空间。

晴川落日初低，惆怅孤舟解携
  ——孤舟无所依

谪仙怨
刘长卿

晴川落日初低，惆怅孤舟解携。
鸟向平芜远近，人随流水东西。
白云千里万里，明月前溪后溪。
独恨长沙谪去，江潭春草萋萋。

在中国古典诗歌中，自然一直担当着独特的角色，在人与自然的关系中，自然是超越人的意志之上的存在，而人的情志又往往寄寓在自然景物之中表现。在叶朗的《中国传统美学的大发展》一书中提道："很多学者认为中国文化是一种诗性的文化、艺术的文化、审美的文化。因此不研究中国美学，就很难把握中国文化的特征，特别是很难把握中国文化的内在精神……就不可能深入了解和把握中国哲学。不研究中国美学，就很难真正把握中国艺术（含中国文学）的特点和精神，很难对中国艺术作出理论的阐释。"

借着创造的幻想，抒发心灵美感以表现人生境界，便是诗歌。在这首《谪仙怨》中体现的恰是天人合一的传统美学气质。

柔媚阳光照耀下的江水排遣开一丝丝波纹，落日低垂，染红了半边夜幕。踏着低挂在天边的斜阳，一叶孤舟载着友人离去，排遣不尽离愁别绪。飞鸟向天地极远处奔去，人随着流水向四面八方散开。诗人站在岸边久久凝望着渐渐模糊的舟影，目随归舟，渐望渐远，平野吸入眼底。希冀将白云散落给万里千里外的友人，但愿明月载着诗人的浓浓思念带到友人身边。忽想起汉代贾谊被贬谪到长沙的典故，内心之苦难以言状，郁结于心头的怅恨，既是为友人的惨痛遭遇，也是为自己的不平身世，基于这共同的积郁，谪中的别恨越发深沉，恍如滔滔江水边茂盛的野草一般杂乱无章。《楚辞·招隐士》中曾谓："王孙游兮不归，春草生兮萋萋。"绵绵春草携着思念直至今日，想念远谪在外的友人，望着蔓延的春草，更令人黯然销魂。

思情绵长悠远，云月皎然至纯。江水汤汤似也有情，月光皎洁不失情意，原本是抒发对被贬谪远行友人的思念之情，站在日暮夕阳边的江水旁，万千思绪与眼前之景浑然一体，说不清道不明的思绪都被言有尽而意无穷的景物无限拓展开来。无限意境揭示了中国美学中意与境、情与景、我与物融合为一的精髓。"晴川落日初低，惆怅孤舟解携。"越发显示出哲学与意境的衔接。

论及这首诗歌的创作背景，历来解此诗者，都认为这是刘长卿回忆起当日为即将贬谪的好友梁耿所创作，然而后来又有人认为，将此诗中的对象认定为梁耿，乃是解读的谬误，生平本身无考的梁耿未曾见到有受贬的记载，诗歌运用了一个独特的旁观的视角来审视这一切，而实际上真正解舟而行的被贬之人，恰恰是刘长卿本人。诗人不过是以他人的视角来揣度自己被贬之事罢了。至于所指的对象究竟为何，似乎难以考据，可是这不变的"贬谪远行"主题却在刘长卿的笔下又打开了一番别开生面的境界。

诗歌是一种"生命的律动"，一首《谪仙怨》激发了内心深邃而丰富的生命精神，人类的内在精神得以进行交流，借自然净化心灵，人的灵魂与自然万物抵达了近距离的观照。

可怜夜半虚前席，不问苍生问鬼神
——历史的小丑

贾生

李商隐

宣室求贤访逐臣，
贾生才调更无伦。
可怜夜半虚前席，
不问苍生问鬼神。

《史记·屈原贾生列传》记载："贾生征见，孝文帝方受釐，坐宣室。上因感鬼神事，而问鬼神之本。贾生因具道所以然之状。至夜半，文帝前席。既罢，曰：'吾久不见贾生，自以为过之，今不及也。'"

《史记》中的这一段记载化作李商隐诗歌《贾生》中的典故，记叙了贬谪到长沙的贾谊被汉文帝召回后在宣室（汉未央宫前殿正室）不谈国家大事而夜谈鬼神。此时刚刚结束漫长京城求仕生涯被迫到当时的荒陲绝域广西谋职的李商隐内心万般寂寥，把失意之际的难言之隐寄予在这首《贾生》之中，担当着知识分子怀才不遇典型的贾谊化作诗人抒情言志的端口，赋诗以述怀。

开篇采用欲抑先扬的手法，一层层拨开历史迷雾，展开了一幅生动形象的画面。在求访名士、收罗贤才的宣室里，端坐着的是才华绝伦、贤良忠德的人才贾谊。在这样一番刻画背后，接下来本该是一番唇枪舌剑、指点江山的宏阔场景，然而笔锋忽而一转，从制高点跌落下来。极具有讽刺意味的是文帝对贾谊的器重并非因为心系国家大事，寻得人才虚心求教，这番郑重其事的场面竟是为了"夜半虚前问鬼神"罢了。本该在君臣之间讨论的治国安民之道早已抛在脑后，鬼神魑魅之事却成了汉文帝郑重求贤、虚心请教的理由。

汉朝之事久矣，讽刺昏庸的汉文帝和悲叹可怜的贾谊当然并非李商隐的最终目的，置身于晚唐的诗人联系此世此身，悲叹的何尝不是当下的情境。晚唐时期社会动荡、激烈的党政牵动了整个政局。周旋于牛李两党之间的李商隐受命运所迫、为时人不解，在不同党羽得势失势的交替轮回中，知识分子的命途也在随之波荡起伏。然而细细想来，周旋于各方政治势力之间，自己不过是党争之中的一枚棋子罢了，最终落得个虽有报国济世之才，但是无法施展、惨遭排挤、无法重用的下场。

贾谊被贬之事在历朝历代众多诗歌中都作为典故出现过，然而唯有在李商隐笔下，不作老生常谈，别出心裁地把视角放在了贾谊被贬归来后的在宣室被召见的情景上，立意新颖，发人深思。《贾生》一诗借着咏叹贾谊的故事，直截了当地批判了当朝统治者不能真正地重用人才，让他们发挥真正的政治才华。李商隐把自身流落不遇的感慨与贤才不得明君重用的叹息并列在一起，讽刺的意味悠远而深邃，引发读诗之人的冥想沉思。

在李商隐看来，贾生作为贤才一类的代表，在帝王面前显然是被俯视的角色。本该"问苍生"——谈文论道、济世报国、兼济天下、造福苍生——的职责定位却成了"问鬼神"，这样的角色偏移导致"贾生"的自身价值没有真正实现，自我的知识分子身份也被模糊淡化。

可是对于有志气的才子来说，十年寒窗苦读饱览诗书能够有机会进入宣室的原因并非为了讨得君主一时欢心，得到飞黄腾达的权势和无尽的荣华富贵，而是作为一个具有独立人格的知识分子去实现一点点悲悯济世的纯真理想，遭遇"不问苍生问鬼神"的昏聩君主，似也意味着这将是一个将少数人的喜恶凌驾于苍生百姓意志之上的社会，从贾谊身上观照到的是具有良心的知识分子的凄凉投影。

一首《贾生》将我们带回到了千百年前的汉代，却也立足了晚唐时的喋血烽烟，更给后世以不同角度的感受。碰触到文人志士灵魂深处对于自我价值实现的重视，感到一股热流般的渴望。这不仅仅因为他们满身的才气，更因为他们魂灵上担当的志气。

欲济无舟楫，端居耻圣明
——仰慕贤主

望洞庭湖赠张丞相
孟浩然

八月湖水平，涵虚混太清。
气蒸云梦泽，波撼岳阳城。
欲济无舟楫，端居耻圣明。
坐观垂钓者，徒有羡鱼情。

　　在清朝梁章钜的《浪迹丛谈》一书中曾经提道："孟襄阳诗'气蒸云梦泽，波撼岳阳城'，杜少陵诗'吴楚东南坼，乾坤日夜浮'，力量气魄已无可加，而孟则继之曰'欲济无舟楫，端居耻圣明'，杜则继之曰'亲朋无一字，老病有孤舟'，皆以索寞幽渺之情，摄归至小，两公所作，不谋而合，可见文章有定法。若更求博大高深之语以称之，必无可称而力蹶无完诗矣。"这首被拿来与杜甫著名的《登岳阳楼》相比较的诗歌正是孟浩然的《望洞庭湖赠张丞相》。这首诗中体现出的非凡艺术表现力和撼人心魄的艺术效果让人重新回忆起那个久远的瞬间。

　　唐玄宗开元二十一年（733），孟浩然西游长安，来到这个集中了能人志士的神圣之地，自然也吸引了当时年轻有志的孟浩然。初出茅庐的新生代青年没有过硬的背景，没有一鸣惊人的机会，不过庆幸的是他结交了许多良师益友。当时青年才俊孟浩然与当时的王维以及朝廷重臣张九龄是忘年之交，张九龄身居高位，手握重权，时任秘书少监、集贤院学士副知院士，正是这样的契机，孟浩然写下了这首《望洞庭湖赠张丞相》一抒心怀，表达内心所念，希望以此得到可以崭露头角的机会。

　　八月，正是雨水集中的季节，湖水满满地涨溢起来，几乎与岸边持平，湖面上蒸腾的白茫茫水汽弥漫氤氲开来，升入天际深处，与天空连成一体。汹涌澎湃的波涛从湖底翻涌上来，一浪推着一浪，整个岳阳城似乎都随着波动而摇滚。就如同想要渡河的行者找不到舟楫一般，我身处在这样圣明旺盛的时代却闲赋散居，着实感到羞愧难当。只是闲坐在一旁观看垂钓者临渊而渔收获颇丰，自己只能白白羡慕那些被钓起的鱼终于找到自己的位置，不像自己始终处于未被赏识的徘徊之中。

面对滔滔江水，诗人不禁感兴生怀，想到自己满腹经纶和满怀壮志，却因为缺少一个点亮自己的机会而无人问津，这不正如同想要渡河却没有舟楫的尴尬之处吗？

这是一首典型的干谒诗，立意出发却颇为独特。干谒，顾名思义指的是古代文人为求取功名或显声扬名而求见达官贵人，希望他们能够给予自己崭露头角的机会，赏识并举荐自己，干谒诗歌成了许多文人志士毛遂自荐、声名鹊起的重要手段。类似于干谒诗的立意，最着重诗意言语的把握，字句词饰必须拿捏得当，少一分则对方未能领会你的真意，多一分亦会显得矫揉造作。孟浩然的《望洞庭湖赠张丞相》开篇未露心迹，而是借以自然景物的书写铺陈情绪，使得后来发出的"欲济无舟楫，端居耻圣明"呐喊变得顺理成章，自然落成。不同于那些卑躬屈膝的媚骨奴颜，不同于恃才傲物的清高之徒，更不同于叫苦不迭的乞求者，孟浩然的这首干谒诗写得情真意切、情采飞扬、毫无卑微矫饰之感，点到为止，含而不露，是干谒诗中难得的佳作。

《望洞庭湖赠张丞相》看似一气呵成，信笔游成，然而仔细端倪，诗中的字字句句都是经过饱满的雕琢。首句中一个"平"字便将人的视野拉开，纵目极望，人的心境也随之豁然开朗；紧接着"涵"字点出了洞庭湖的浩瀚包容，其与天地相连、与万物相包的气势自然而然跃然纸上，给人以天高地阔、玉宇澄清之感的"太清"之境尽在洞庭湖的包围之中；一个"蒸"字又给整个画面带来一种雾里看花的朦胧湿润之气，而后句的"撼"字随即赋予了雷霆万钧的力量，集显湖水喧动桀骜的自然威力凸显出洞庭湖秋水虎吼雷鸣的勃勃生机。前四句纯然的景色描写之后，剩下的四句便是作者在情感铺陈之后的直接坦露，所有情绪的落脚点都停留在自我的角度。从"耻圣明"到"羡鱼情"，诗人着重于表现自身在价值不得实现的困境中的情感起伏，却从未苛责对方一定做出何种行为。经过语言的锤炼，巧妙而又委婉地展示出自己的真实意图，谦逊得当的字句之下暗含着隐忍待发的蓬勃壮志。

　　《望洞庭湖赠张丞相》这首诗中表现出的入仕之心和不甘寂寞的豪逸之气不仅在历史上传为美谈，而且直至今日仍能给予我们很多人生的启迪。在无数种可能的生活道路面前，每一个人都会有自己的选择，因此而形成了丰富的生命形态，而不管你选择哪种生命形态，最重要的是要找到自我的身份，实现自己的价值。当孟浩然写下"欲济无舟楫，端居耻圣明"这样的诗句之时，自然也是想要寻求一种通达灵魂的通道，让人能够真正地探明"我是谁""我可以干什么"的问题，这些看似简单的问题，实则每一个人都在终其一生追寻答案。

出师未捷身先死，长使英雄泪满襟
　　——壮志未遂的悲怆

蜀相

杜甫

丞相祠堂何处寻，锦官城外柏森森。

映阶碧草自春色，隔叶黄鹂空好音。

三顾频烦天下计，两朝开济老臣心。

出师未捷身先死，长使英雄泪满襟。

　　唐乾元二年（759）春，在邺城（今河南安阳）爆发了唐军与安史叛军之间的战争，点燃了安史之乱的战火，不堪一击的唐军在邺城之战中溃不成军，黎民百姓或是忍辱负重地被迫加入战争的队伍，或是遭受生灵涂炭的危机考验，整个社会犹如一张被撕碎的破网，摇摇欲坠。"满目悲生事，因人作远游。"这一切都被杜甫尽收眼中。不久之后，对当时污浊时政痛心疾首的杜甫放弃了华州司功参军的职务，带着一腔热血悲愤，开始了西南漂泊之旅。

　　在好友严武的帮助下，成都暂时成了杜甫的庇身之所，在城西的浣花溪畔，建成了一座草堂，这便是著名的杜甫草堂。成都是蜀汉当年建都的地方，城西北那座古老的武侯祠成了一代代百姓纪念名相诸葛亮的确证，经历了漂泊，见证了生死，短暂的相对安稳的西南偏居生活让杜甫渐渐沉淀下来，曾经目睹过的那些鲜血与呼号、悲怆与痛苦常常重新浮到脑海里，在当下的故事里许多的历史的影子又再一次上演。唐肃宗上元元年（760）春天，杜甫探访了诸葛亮武侯祠，写下了《蜀相》这首感人肺腑的千古绝唱。

　　诗歌一开头便一问一答，"柏森森"三字将浓郁的感情笼罩全篇，不仅仅是环境上的庄严肃穆之意，更是富有历史的沉重之感。看似诗人是在闲庭信步地寻找"丞相"居住的旧址，而另一方面也在一点点接近历史的原貌，探寻蜀相的精神。对蜀相祠堂做了一个总体氛围的铺设之后，颔联两句将镜头进一步拉近，置于丞相祠堂内的具体景物上。无论是"碧草""春色"还是"黄鹂""好音"都是一种偏暖色调的描写，一静一动，一视一听，本来也该让人感到些许暖意，然而画风突变，横插出来的"自"和"空"字可谓是惊天动地，仿佛在艳花外封了一层冰意，生生地让人心冷了下来。茂盛的春草自顾自地展露春色，而美丽的黄鹂鸟也不过白白唱着好听的曲调罢了，鲜有人至的丞相祠堂在历史的风霜洗礼下早已被人淡忘了，世事无常，言外之意不禁充满了叹惋和可惜，可谓"一切景语皆情语"。

如果说前半段诗歌还是在委婉地将情感隐藏在景色描写之中的话，那么后半段诗人的感情就大张旗鼓地铺陈开来。诗人忆及历史往事，想当年，正如诸葛亮在《出师表》中所说："先帝不以臣卑鄙，猥自枉屈，三顾臣于草庐之中。"而诸葛亮也并未让君主失望，辅佐两代帝王，制定天下计谋，开创时代基业，一时传为举贤纳士的佳话。百年后站在丞相祠堂之外，体味着当年诸葛亮尽忠蜀汉，不遗余力，鞠躬尽瘁死而后已的精神，诗人不禁感慨万千，以至于积郁已久的感情在这一刻忽然触发，致使诗人发出"出师未捷身先死，长使英雄泪满襟"的感慨。这一番抒情实则也道出了杜甫游览诸葛武侯祠的真正缘故，想如今安史之乱还未平息，在国事危亡之际，怀有"致君尧舜"政治理想的杜甫在坎坷的仕途上请缨无路，屡屡受挫终究无法施展抱负，也难以找到能够赏识自己才华的知音，流落到西南暂且躲身，前途渺渺未可知，内心的孤独漂泊之感更甚。此时重游诸葛亮的祠堂，重新回忆起那段鲜亮的历史，不禁对丞相之功无限仰慕，倍加崇拜。

《蜀相》这首诗明显看出诗人杜甫渴望参与社会建设、革新朝政的强烈愿望。虽然此时寓居成都，过着相对安稳闲散的生活，然而苟且安居并非杜甫的真正追求，报国无门的苦衷与壮志难酬的慨叹始终纠缠着

　　自己。在一个心怀天下的文人看来，能够充分施展才能并取得辉煌业绩的诸葛丞相才是自己追随的榜样。尤其是"出师未捷身先死，长使英雄泪满襟"两句引得后人争相传诵，反映了那些宏愿未遂而含恨辞世的英雄们的普遍心理，强烈的入世精神洋溢在诗歌之中。慷慨悲壮的语词、跌宕起伏的结构也很好地体现出杜甫诗歌典型的沉郁顿挫风格。

　　若是有机会去拜观成都的武侯祠，愿把这首诗歌默默地装在心中，想象着杜甫曾经踏上武侯祠的台阶回忆起诸葛亮的动人事迹，而如今，我们带着这份景仰和怀念又重新出发，拨开嬉闹的人群，品出些历史的意味来。

后记　何以唐诗

唐诗，我们自小便读。

唐诗初写成，落在笔间的自然是诗人的心境，可是在岁月长河中磨砺之后，在一代代读诗者的心里打磨、酝酿，诗歌本身早已超出了诗人写诗之时的心意，那点点文字镂刻上读诗人的生命记忆，又重新幻化出崭新的阐释境界，不可不谓历久弥香。

唐诗本身呈现的就是一个开放的世界，它诞生在唐朝，然而其真正的生命魅力却是随着这个朝代的灭亡开始发光的。各种各样的人与物都在用自己的方式记录着唐诗的流动，时间与历史的尘埃没有湮没这光彩夺目的艺术之美，反而在某种程度上促成了一个个唐诗的伯乐，在芸芸众生一目又一目的审读中，这远古的呼唤竟与当下的生命体验遥遥相望，编织起更加璀璨的灵魂世界。"诗无达诂"，诗歌的魅力也恰恰在于"诗无达诂"，它所呈现的绝不仅仅是这有限的文字，而是在文字背后沉默而丰腴的情感世界。唐诗世界的不断丰富延展，需要你，需要我，需要每一个爱诗人的热忱。

何以唐诗，唐诗本身就是文学的一种胜利，更是中国人的一种荣耀。

当这个喧哗骚动的世界正在以各种各样的诱惑召唤着人们，或许唐诗的世界对于大多数为了衣食之足拼搏在这个社会上的人来说渐渐模糊，有些遥远甚至陌生了。生活只顾着低头向前，而曾经也为一首诗感动难眠的夜晚早已凝固了。诗歌，重新唤回生命的记忆，人生的思考，温暖你冰冷的心灵；那一刻你开始了解存在是为了什么，你开始意识到生活中"我"的价值。

借用当下的潮流一句——人生不只苟且，还有诗与远方。此情此景此心头，唐诗带给我们的意义远大于娱乐、认知与审美，更让每一个生活在现世的人们重新审视过往，珍惜当下，带着梦想从容向前。

看！那诗所指的方向，那光与影的交织处，隐隐地浮现未来。

图书在版编目（CIP）数据

有温度的唐诗 / 李静著 . —北京：现代出版社，2020.5
（人生诗词系列）
ISBN 978-7-5143-8354-6

Ⅰ.①有… Ⅱ.①李… Ⅲ.①散文集－中国－当代
Ⅳ.① I267

中国版本图书馆 CIP 数据核字（2020）第 009091 号

有温度的唐诗

著　　者	李　静
责任编辑	赵海燕　王　羽
出版发行	现代出版社
通信地址	北京市安定门外安华里 504 号
邮政编码	100011
电　　话	010-64267325　64245264（传真）
网　　址	www.1980xd.com
电子邮箱	xiandai@vip.sina.com
印　　刷	三河市宏盛印务有限公司
开　　本	710mm×1000mm　1/16
印　　张	16.5
版　　次	2020 年 5 月第 1 版　2020 年 5 月第 1 次印刷
书　　号	ISBN 978-7-5143-8354-6
定　　价	39.80 元

版权所有，翻印必究；未经许可，不得转载